U0501023

左手的缪斯

人类的历史就是这样：
一些躯体变成一些灵魂，
一些灵魂变成一些名字。

左手的缪斯

当一些灵魂如星般升起，
森森然，各就各位，
为我们织一幅怪冷的永恒底图案，
一些躯体像经霜的枫叶，
落了下来。

我所期待的散文，应该有声、有色、有光；应该有木箫的甜味、釜形大铜鼓的骚响；有旋转自如像虹一样的光谱，而明灭闪烁于字里行间的，应该有一种奇幻的光。

当一个军阀、一个政客死时，他是完完全全地死了；
当一个真正的学人死时，正是他另一生命的开始。

怒燃着奇才的个人可能比十万个没有个性的庸才更有价值。

那天夜里，我走出历史博物馆，满月当空，圆得令人想恋爱，亮得没有一颗雀斑。

摄影师的任务是记录自然，而艺术家的任务是探索性灵，他必须超越自然，才能把握性灵，表现个性。

一个人到了这种境界，
他能动也能静，能屈也能伸，
能微笑也能痛哭，
能像廿世纪人一样的复杂，
也能像亚当、夏娃一样的纯真，
一句话，
他心里已有猛虎在细嗅蔷薇。

左 手 的

余光中

著

缪 斯

思想与文字相遇

每如撒盐于烛

镜破片片

每一片中都是一我

心有猛虎，细嗅蔷薇

余光中原版

散文集典藏本

北京联合出版公司

Beijing United Publishing Co.,Ltd.

我所期待的散文

应该有声、有色、有光

应该有木箫的甜味

釜形大铜鼓的骚响

有旋转自如像虹一样的光谱

而明灭闪烁于字里行间的

应该有一种奇幻的光

新 版 序

《左手的缪斯》，我的第一本散文集，一九六三年由文星书店出版，一九八〇年由时报出版公司接手，迄今又过了三十五年，已经绝版。尽管此书命若悬丝，读者却未全然遗忘，有心人仍不时向九歌探听，致有重印之议，颇出作者意料。

这本"少作"当初编选时，抒情与议论不分，体例不纯，简直像一本杂文。如今我也无意再加调整，任其鸡兔同笼。至于文字本身，我的"少作"句法比较平直，多受英文文法结构的影响，尚未修炼成中西相通、古今互补的精纯之境，但气势还算是贯串的。所以新版保留昔日显得略为稚气的故态，一律不加调整，借此亦可见我的风格如何发展成今日之"白以为常，文以应变"。

我在爱奥华[1]大学选修了"现代艺术"和"美国文学"两课，这对我日后文艺评论的根基颇为有用，尤以对现代绘画为然。例如写毕加索的那篇长文，今日回顾，仍不致自愧旧作。就算集中的最早一篇"美文"——《猛虎与蔷薇》，直至今日，居然还有出版社来要求同意选入国文课本，真令人意外。

二〇一五年十月三十日

高雄市西子湾

1　今通译艾奥瓦。（注释部分除标注"自注"的，其余均为编者注。）

自 序

《左手的缪斯》是我的第一本散文集，初版虽在一九六三年，其中作品的写作时间，从一九五二年到一九六三年，先后却有十一年之差。在那初征的十一年里，诗集却出了四本之多，足见我创作之始，确是以诗为主，散文只能算是旁敲侧击。当时用"左手的缪斯"为书名，朋友们都觉得相当新鲜，也有读者表示不解。其实我用"左手"这意象，只是表示副产，并寓自谦之意。成语有"旁门左道"之说，俗语有"正手"（右手）、"倒手"（左手）之分。在英文里，"左手的（left-handed）"更有"别扭"与"笨拙"之意。然则"左手的缪斯"，简直暗示"文章是自己的差"，真有几分自贬的味道了。虽然早在十七世纪，弥尔顿[1]已经说过他的散文只是左手涂鸦，但在十六年前，不学如我，尚未发现此说。

集中最早的一篇少作，是《猛虎与蔷薇》。那年我刚从台大毕业，散文虽也写过多篇，"美文"却是初试。当时为什么没有继续写下去，现在却已感到惘然。等到再用散文来抒情，写出《石城之行》和《记弗罗斯特》一类的作品来时，已经是《猛虎与蔷薇》之后的六七年了。

《猛虎与蔷薇》在"中央副刊"发表时，作者已经二十四岁了，无论如何，都难说是"早熟"。今日的青年散文作家，在这年龄所写的作品，往往胜我许多。但在另一方面，今日的青年散文作家，一开笔便走纯感性的路子，变成一种新的风花雪月，忽略了结构和知性，发表了十数篇之后，翻来覆去，便难以为继了。缺乏知性做脊椎的感性，只是一堆现象，很容易落入滥感。不少早熟的青年散文作家，开笔惊人，但到了某一层次，没有知性的推力，更难上攀一分，实在可惜。

本集收文十八篇，就比例而言，仍以诗、画的评论分量

1　弥尔顿（John Milton，1608—1674），英国诗人，清教徒文学的代表，代表作有《失乐园》。

为重。从十多年后的这一头回顾，这些长评短论，有些还站得住脚，有些就显得浅薄或夸大了。相对而言，几篇抒情之作似乎较耐时间的考验。当时之理，未必尽为今日所认可，但当时之情，却近于人之常情，真个是"理短情长"了。而镜破片片，每一片中都是一我，也难以指认谁真谁幻了。

余光中

一九七九年八月于中文大学

目 录

左手的缪斯

> > > > >  > > > > >

记弗罗斯特[1]

当我初闻弗罗斯特

那种挟有十九世纪之风沙的声音时，

我的眼睛竟也湿了。

我似乎听见历史的骚响。

1　作者原译为"佛洛斯特"。由于时代和地区差异，作者对诸多名人的译名使用
　　与今通用译名有别，所以编者对作者原译名做了合理的改动，以便于读者阅读
　　理解。

　　艾略特曾说四月是最残酷的月份，证之以我在爱奥华城的经历，颇不以为然。在我，一九五九年四月是幸运的：继四月三日在芝加哥听到钢琴家鲁道夫·塞尔金（Rudolf Serkin）奏勃拉姆斯的第一号钢琴协奏曲之后，我在四月十三日复会见了美国诗人弗罗斯特（Robert Frost，1874—1963）。

　　弗罗斯特曾经来过爱奥华城，但那是十年以前的事了。梁实秋先生留美时，也曾在波士顿近郊一个小镇上听过弗罗斯特自诵其诗，那更是三十年前的事了。物换星移，此老依然健在，所谓"红叶落尽，更见枫树之修挺"；美国二十世纪新诗运动第一代的名家，如今仅存他和桑德堡[1]二人，而他仍长桑德堡三岁，可谓英美诗坛之元老。这位在英国成名，在美国曾四度获普利策诗歌奖的大诗人，正

1　桑德堡（Carl Sandburg，1878—1967），美国诗人、传记作家，代表作有诗集《早安，美国》《人民，好啊》，传记《林肯传》等。

如钟鼎文[1]兄咏希梅内斯[2]时所写的，已经进入"渐远于人，渐近于神"的无限好时期，然而美国的青年们仍是那么尊敬且热爱他，目他为一个寓伟大于平凡的慈祥长者，他们举眼向他，向他寻求信仰与安全感、智慧与幽默。当他出现在大音乐厅的讲坛上，"炫数千年轻之美目以时间之银白时"，掌声之潮历四五分钟而不退。罗西尼[3]说他生平流过三次泪，一次是当他初闻帕格尼尼[4]拉琴时。而当我初闻弗罗斯特那种挟有十九世纪之风沙的声音时，我的眼睛竟也湿了。我似乎听见历史的骚响。

四月十三日下午二点半，我去"诗创作"班上课，发现平时只坐二三十人的教室里已挤满了外班侵入的听众五六十人。我被逼至一角，适当讲座之斜背面。二时五十分"诗创作"教授安格尔[5]（Paul Engle）陪着弗罗斯特进来。银发的老

1　钟鼎文，台湾著名诗人，与覃子豪、纪弦并称台湾现代"诗坛三老"。

2　希梅内斯（Juan Ramón Jiménez，1881—1958），西班牙诗人，代表作有诗集《悲哀的咏叹调》《永远的花园》《春天歌谣集》等，1956年获得诺贝尔文学奖。

3　罗西尼（G. Rossini，1792—1868），意大利歌剧作曲家，代表作有《威廉·退尔》等。

4　帕格尼尼（Niccolo Paganini，1782—1840），意大利小提琴家、作曲家。

5　安格尔（1908—1991），美国人，艾奥瓦大学国际写作计划的创办者之一。其妻聂华苓是著名美籍华人作家。

人一出现，百多只眸子立刻增加了反光，笑容是甚为流行了。他始终站着，不肯坐下，一面以双手撑着桌缘，一面回答着同学们的许多问题。我的位置只容我看见他微驼的背影、半侧的脸和满头的白发。常见于异国诗集和《时代周刊》的一个名字，忽然变成了血肉之躯，我的异样之感是可以想象的。此时听众之一开始发问：

"弗罗斯特先生，你曾经读过针对你的批评吗？你对那些文字有什么感想？"

"我从来不读那种东西。每当有朋友告诉我说，某人发表了一篇评你的文章，我就问他，那批评家是否站在我这一边，如果是的，那就行了。当朋友说，是的，不过颇有保留，不无含蓄；我就说，让他去含蓄好了。"

听众笑了。又有人问他在班上该如何讲诗，他转身一瞥诗人兼教授的安格尔，说："保罗和我都是干这一行的，谁晓得该怎么教呢？教莎士比亚？那不难——也不容易，你得把莎士比亚的原文翻译成英文。"

大家都笑起来。安格尔在他背后做了一个鬼脸。一同学忽然问他《指令》（Directive）一诗题目之用意。他摇头，说他从不解释自己的作品，而且："如果我把原意说穿了，和批评

家的解释颇有出入时，那多令人难为情啊！解释已经作古的
诗人的作品，是保险得多了。"

等笑声退潮时，又有人请他发表对于全集与选集的意见。

"《英诗金库》(*The Golden Treasury*)[1] 固然很好，但有人
怀疑是丁尼生[2] 的自选集（笑声）。有人大嚷，选集有害，宜
读全集。全集吗？读勃朗宁[3] 的全集吗？恶！"

接着他又为一位同学解释诗的定义，说"诗是经翻译后
便丧失其美感的一种东西"，又说"诗是许多矛盾经组织后
成为有意思的一种东西"，不久他又补充一句："当然这些只
是零碎的解释，因为诗是无法下定义的。"他认为"有余不
尽"(ulteriority)是他写诗追求的目标——那便是说，在水面
上我们只能看见一座冰山的一小部分，藏在水面下的究竟多
大，永远是一个谜。他又说："我完全知道自己任何一首诗的
意义，但如果有人能自圆其说地做不同解释时，我是无所谓
的。有一次一位作家为了要引用我的诗句，问我是否应该求

1　《英诗金库》收录了144位著名英美诗人的诗作，其中包含丁尼生的大量诗歌。
2　丁尼生(Alfred Tennyson, 1809—1892)，英国诗人，1850年被封为桂冠诗人。
3　勃朗宁(Robert Browning, 1812—1889)，英国诗人。其妻伊丽莎白·芭蕾
　　特·勃朗宁也是著名诗人。

得我的出版商的同意。我说：'不必了吧，我们何不冒险试一次呢？'"

本年度弗罗斯特被任命为国会图书馆的英诗顾问。一位同学问他就任以来有何感想。他答称，正式的公事只有四次，其一是艾森豪威尔总统曾经向他请教有关祈求永久和平的一篇祷告词。

"这种文字总是非常虚伪的，"他说，"人生来就注定要不安、骚动，而且冲突。这种冲突普遍存在于生命的各种状态，包括政治和宗教。"

如是问答了约一小时，"诗创作"一课即算结束。安格尔教授遂将班上三位东方同学——菲律宾诗人桑托斯[1]（Bienvenido Santos），日本女诗人长田好枝（Yoshie Osada）及笔者——介绍给弗罗斯特。他和我们合照一像后，就被安格尔教授送回旅舍休息。

匆匆去艺术系上过两小时的"现代艺术"，即应邀去安格尔教授家中。他的客厅里早已坐（或立）满了自爱奥华州首府

1　桑托斯（1911—1996），菲律宾小说家、诗人和散文家，旅美菲侨，是一位开创性的亚裔作家。

得梅因赶来的各报记者及书评家等。晚餐既毕，大家浩浩荡荡开车去本校的大音乐厅，听弗罗斯特的演说。还不到八点，可容二千多人的大厅已经坐满了附近百英里内赶来的听众和本校同学。来迟的只好拥挤着，倚壁而立。八点整，弗罗斯特在安格尔的陪伴下步上了大讲台，欢迎的掌声突然爆发，摇撼着复瓣的大吊灯。安格尔做了简单的介绍后，即将一架小型的麦克风挂在弗罗斯特的胸前，然后下台。老诗人抚着麦克风说："这样子倒有点像柯勒律治[1]诗中身悬信天翁的古舟子了。"

听众皆笑了，他们爱这位白发萧骚而不失赤子之心的诗人，正如爱一位纵容他们的老祖父。他们听他朗诵自己的诗，从晚近的到早期的，一如在检阅八十年的往事。在两诗之间，弗罗斯特的回忆往往脱缰而逸；他追念亡友托马斯[2]（Edward Thomas），怀想大西洋对岸的故人格雷夫斯[3]

1　柯勒律治（Samuel Taylor Coleridge，1772—1834），英国诗人，主要长诗有《老水手》（又译《古舟子咏》）《忽必烈汗》等。

2　托马斯（1878—1917），英国诗人，受弗罗斯特的诗歌《未选择的路》的影响，1915年7月主动服役参与第一次世界大战，1917年4月9日在战场牺牲。

3　格雷夫斯（1895—1985），英国诗人，第一次世界大战时担任军官，因发表战争回忆录《向一切告别》而成名。

（Robert Graves），显然感慨很深。他以苍老但仍朴实有劲且带浓厚的新英格兰乡土味的语音朗诵《不远也不深》《雪晚林畔》《一丛花》《修墙》《雇工之死》《窗前树》《分工》《认识了夜》及许多双行体[1]（couplet）的小品。到底年纪老了，有好几处他自己也念错了；例如《不远也不深》的第二行，他便将书上印的look误为face了。将诵《一丛花》时，他说当初他应该加上一个小标题——"何以他留它在此"。关于《雇工之死》，他说那长工不是他的仆人，而是他的朋友、同事。他说他特别偏爱双行体，因为它语简意长；这种诗句往往在火车上或午夜散步之际闪现于他心中。有一次他在自己电视节目将完时忽想起了两行：

呵上帝，饶恕我开你的小玩笑，

则我也将你开的大玩笑忘掉。

直到九点半，弗罗斯特才在掌声中结束了他寓庄于谐的

1　双行体是一种西欧格律诗。双行体由押韵的双诗行组成，以英国的"英雄双行体"、法国的"亚历山大双行体"和德国的"抑扬四步格"最著名。

演说。我随记者及书评家们回到安格尔寓所，参加欢迎弗罗斯特的鸡尾酒会。来自东方的我，对于这种游牧式的交际，向来最感头痛，但为了仰慕已久的大诗人，只好等下去。十点一刻，弗罗斯特出现于客厅，和欢迎者一一握手交谈。终于轮到我；老诗人听安格尔介绍我来自中国，很高兴，且微笑说："你认识乔治·叶吗？"

"你是指叶公超[1]大使吗？"我说。

"是啊，他是我的学生呢。他是一个好学生。"

"我有一位老师在三十年前留美时听过你的朗诵。在国内时他曾经几次向我提起。"

"是吗？那是在哪儿？"

"在波士顿。"

"啊！台湾的诗现状如何？"

"人才很多，军中尤盛，只是缺少鼓励。重要的诗社有蓝星、现代、创世纪三个。你的诗译成中文的不少呢。"

于是我即将自己译的《请进》《火与冰》《不远也不深》

1　叶公超（1904—1981），著名外交家、书法家，英文名乔治，著有《英国文学中之社会原动力》等。

《雪尘》四首给他看。他眯着眼打量了那些文字一番，笑说："嗯，什么时候我倒要找一个懂中文的朋友把你的译文翻回去，看能不能还原，有多大出入。"

"这是不可能的，"我说，"能译一点诗的人谁没有先读过你的诗呢？"

接着他问我回国后是否教英国文学；当我说"是的"时，他问我是否将授英诗。我做了肯定的答复。他莞尔说："也教我的诗吗？"

"也教，如果你将来不就自己的作品发表和我相异的解释的话。"

记起下午他调侃批评家们的话，他笑了。谈话告一段落，我立刻请他在两本新买的"现代丛书"版的《弗罗斯特诗集》之扉页上为我签名。他欣然坐下，抽出他那老式的秃头派克钢笔，依着我的意思，签了一本给夏菁[1]，一本给我。给我的一本是如此签名："给余光中，罗伯特·弗罗斯特赠，并祝福台湾，一九五九年于爱奥华城。"夏菁是我的诗友中最敬爱弗

1　夏菁，蓝星诗社发起人之一，诗文常在美国以及台湾、香港地区中文报纸、期刊发表。

罗斯特的一位，这本经原作者题字的诗集将是我所能给他的最佳礼物了。

然后我即立在他背后，请长田好枝为我们合照一像。俯视他的满头银发，有一种皎白的可爱的光辉，我忽生奇想，想用旁边几上的剪刀偷剪几缕下来，回国时赠蓝星的诗人们各一根，但一时人多眼杂，苦无机会下手。不久老诗人即站了起来，和其他来宾交谈去了。十一点半，安格尔即送他回去休息。

林中是迷人，昏黑而深邃，

但是我还要赴许多约会，

还要赶好几英里路才安睡，

还要赶好几英里路才安睡。

弗罗斯特曾说他是一个天生的云游者；当他在音乐厅朗诵《雪晚林畔》到此段时，我忽然悟出其中有一种死的象征，而顿时感到鼻酸。希望他在安睡以前还有几百英里，甚至于几千英里的长途可以奔驰。

一九五九年四月于爱奥华城

余光中（右）与美国诗人弗罗斯特，一九五九年。

艾略特的时代[1]

读艾略特早期的诗，

有如俯窥一株水仙花反映

在投过石子之水面的破碎的倒影。

1　自注：桑普森（George Sampson）著《简明剑桥英国文学史》（ *The Concise Cambridge History of English Literature* ）中，将一九二○年至一九六○年的四十年，称为"艾略特的时代"。

"选择一首好诗并扬弃一首劣诗，这种能力是批评的起点，最严格的考验便是看一个人能否选择一首好的'新诗'，能否对于新的环境做适当的反应。"这是美国大诗人兼批评家艾略特（T. S. Eliot, 1888—1965）在他一九三三年出版的《诗与批评之用途》中的一句话。处于当前台湾新文学的环境，我们尤其欣赏、重视这意见。对于批评家最严格的考验便是看他能不能选择一首好诗，尤其是好的新诗。选择一首好的旧诗并不太难，因为我们对于古代的作者已经有了透视的距离，秋毫和舆薪之间的比例我们已经了然，当时作者间的互相品评，与乎后之学者的长期淘汰，可以作为我们的参考；也并不太容易，因为我们对于传统每有过分的崇拜，对于习俗缺乏自觉的分析。

反叛传统，但同时并不忽视传统，是艾略特对于诗的一贯态度。做一个大批评家，他必须了解传统，熟悉受他批评的对象；而做一个大诗人，他必须有披荆斩棘、另辟天地的抱负与能力。艾略特对于现代文学的贡献，在创作和批评两者的影响，可以比拟十九世纪初的柯勒律治，而犹过之。一九四八年诺贝尔文学奖之所以颁予艾略特，即为奖励这种开风气之先的精神。

艾略特于一八八八年九月廿六日生于美国密苏里州的圣路易斯城。他的祖先原居新英格兰，那里出了不少大学校长和牧师，据说最早的先人可以追溯到十六世纪的托马斯·埃利奥特勋爵（Sir Thomas Elyot，1499—1546）——当时有名的散文家，曾任英国驻西班牙大使。父亲是圣路易斯的商人。艾略特在圣路易斯读完中学，便去东部进哈佛大学。一九○九年他获得文学学士学位，一年后，又取到文学硕士学位，遂横渡大西洋，在巴黎大学研究一年，旋又回到哈佛，以三年时间撰写博士论文。一九一四年，他去英国，在海格学校教书，其后复在劳埃德银行工作，一面开始编辑《标准季刊》（Criterion Quarterly）。他的处女诗集《普鲁夫洛克》（Prufrock）[1] 出版于一九一七年；第一本批评文集《圣林》（The Sacred Wood）出版于一九二○年；两年后，艾略特发表

---

[1] 艾略特的第一本诗集全名应为《普鲁弗洛克及其他》（Prufrock and Other Observations）。

了他最重要的作品《荒原》(*The Waste Land*)，遂奠定了他在现代文学中崇高的地位。此后他的声誉扶摇直上。一九二七年，他归化为英国人，且宣布自己"以宗教言，为一英国天主教徒；以政治言，为一保皇党员；以文学言，为一古典主义者"。他在文学上的荣誉极多，其中包括剑桥大学与哈佛大学的讲师，牛津与剑桥的荣誉研究员，以及欧洲与美国十四个大学的荣誉博士学位。一九四八年，他更荣获英国的O.M.勋章(Order of Merit)与诺贝尔文学奖。

艾略特是二十世纪对于英、美、甚至是全世界，诗坛最具影响力的诗人之一。他不是一位多产的作者。在创作方面，自一九〇九年以迄一九五〇年，他的总产量是七十首诗和三本诗剧。在批评方面，他的文集已经超过十五卷。艾略特的题材和视界是狭窄的，他的风格变化不多。他的天才是集中的，不像毕加索那种波塞冬(Poseidon)式的善变，也不像克利[1]那种流星雨式的挥霍灵感。《普鲁夫洛克》出版于他廿九岁那年，其中最重要的一首作品《普鲁夫洛克的恋歌》(*The Love Song of J.*

1　克利(Paul Klee，1879—1940)，德国画家，其画作多以油画、版画、水彩画为主，作有《树上处女》《神奇花园》《向毕加索致敬》等。

Alfred Prufrock）创作日期更早在他的大学时代。其后陆续出版的集子有《一九二〇诗集》、《荒原》、《空心人》（*The Hollow Men*）、《精灵诗集》（*Ariel Poems*）、《未完成的诗》（*Unfinished Poems*）、《四个四重奏》（*Four Quartets*）等。《空心人》是他哲学观念的分水岭，在这以后，艾略特自怀疑归于信仰，自历史的社会观转为宗教的社会观，自混乱的现象复返依有秩序的原则。他在《小吉丁》（*Little Gidding*）中写道：

> 我们所谓的开端常是结尾，
>
> 而结尾常常只是开一个端。
>
> 结尾是我们出发的起点。

然而影响现代文学至巨的不是艾略特后期这种带有浓厚宗教气氛的作品，而是早期那种以对比为主要表现手法的诗。笼罩着艾略特早期作品的一种含有甚重的"时间之乡愁"的历史感。在现代的世界里，我们找不到光荣、伟大、安全以及完整；在"过去"的面前，"现在"是自卑的、丑恶的、破碎的、彷徨的。艾略特的境界正如历史的通衢与个人的小巷交叉的十字路，渺小而无意义的个人徘徊其中，困惑于大街的纷扰与小巷

的阴郁，目眩于红绿灯的交替。这种知识分子的幻灭与压抑感
因外界的波动与内心的混乱之交互感应而更形复杂，远非"旧
时王谢堂前燕，飞入寻常百姓家"的兴衰之感所能包罗。做一
个较好的譬喻，我们可以说，读艾略特早期的诗，有如俯窥一
株水仙花反映在投过石子之水面的破碎的倒影。

> 每天早晨你都能看见我，在公园里
> 读着漫画和体育版的新闻。
> 特别令我注意的常是
> 一个英国的伯爵夫人沦为女伶。
> 一个希腊人被谋杀于波兰舞中。
> 另一个银行的骗局已破案。
> 我却是毫不动容，
> 我始终没有心乱，
> 除非当街头的钢琴，单调且慵困地
> 重复一首滥调的平凡的歌，
> 而风信子的气息自花园对面飘来，
> 使我想起别人也要求过的东西。
> 这些观念是对还是错？

这种忠于现代生活之偶然性与琐碎性的恍惚迷离的意象，对于捶胸顿足的浪漫主义是一种反抗。起首的两行就"暗示"这位以第一人称"我"出现的人物之卑琐与无聊。第三行至第五行反映出一个没落的世界——英国贵族的式微、希腊传统的荡然以及现代道德的混乱——然而这一些并不足以乱"我"的心。接着是单调的琴音、风信子的气息、对于他人秘密的情欲之一瞬间的同情，结果还是面临困惑。事实上，现代生活就是由这些纷然杂陈、支离破碎的"现象"拼凑而成；美是不太美的，抱歉得很。美本身在二十世纪便是值得怀疑的东西。艾略特坚持，一位诗人应该能透视美与丑，且看到无聊、可怖与光荣的各方面。在他的诗中，美与丑、光荣的过去和平凡的现在、慷慨的外表和怯懦的内心，恒是并列而相成的。现代主义在美与真之间，宁取后者。现代的大作家，无论是艾略特或奥登[1]，海明威或福克纳[2]，皆宁可把令人不悦的真实呈现在读者面前，而不愿捏造一些粉饰的美、做作的雅、伪装的天真。

1　奥登（Wystan Hugh Auden，1907—1973），英国诗人。
2　海明威（Ernest Hemingway，1899—1961）和福克纳（William Faulkner，1897—1962）均为美国作家，福克纳获1949年诺贝尔文学奖。

较之艾略特的"哲学",更重要的是他富于暗示的技巧。他从法国诗人拉福尔格（Jules Laforgue）、兰波、魏尔伦与柯比艾尔（Tristan Corbière）[1]悟出暗示胜于坦陈的原理，乃发扬光大，使之接近超现实主义，而展现出一个现实与幻想交融的世界。他将直述与婉说、情欲与机智、事实与征象熔为一炉。在他的诗中，一种不可捉摸的音乐起伏于庄严与庸俗之间；情绪形态之传达代替了固定情感的刺激反应。在现实的灰色雾后，隐约可见历史的堂皇远景。这种交迭的表现法在电影中早有了很好的运用。

> 《波士顿邮报》的读者们
>
> 摇摆于风中，如一田成熟的玉米。
>
> 当黄昏在街上朦胧地苏醒，
>
> 唤醒一些人生命的欲望，
>
> 且为另一些人带来《波士顿邮报》，

1　拉福尔格（1860—1887）、兰波（Jean Nicolas Arthur Rimbaud，1854—1891）、魏尔伦（Paul Verlaine，1844—1896）、柯比艾尔（1845—1875）均为法国诗人。

·

　　我跨上石级，按响门铃，疲倦地

　　转过身去，像转身向拉罗什福科点头说再见，

　　假使街道是时间，而他在街的尽头，

　　而我说："海丽雅特表姐，《波士顿邮报》来了。"

　　拉罗什福科（La Rochefoucauld）是十七世纪法国的散文家，以明畅、简洁、幽默见称。历史的斯芬克司恒蹲守在人类的去路上。《波斯顿邮报》是切身的现实，拉罗什福科是渺茫的往昔；然而现实与往昔毕竟是如此的不可分。一回首而见拉罗什福科的幢幢巨影；这种突如其来的一惊一疑正是现代诗的特色，而这种超现实主义的表现法令我们想起了达利[1]（Salvador Dali）的"伏尔泰的幻象"。

　　艾略特的影响遍及大西洋两岸。年轻的诗人们拒绝接受他那种戴了古典主义之假面具的浪漫主义、他的退入英国天主教，以及他那种掩盖不了死亡愿望的悲观主义，可是他们却赞美并学习他的暗示能力。在英国，奥登、斯彭德与刘易

1　达利（1904—1989），西班牙著名的画家，以超现实主义作品而闻名。

斯[1]公开承认他的启示；在美国，他感召了艾肯、麦克里希、格雷戈里[2]，及其他作家。和弗罗斯特不同的是：弗罗斯特是民族性的，艾略特是国际性的；弗罗斯特是现代诗中独来独往的人物，而艾略特是开风气的大师，他把英诗从二十世纪贫血和虚伪的乔治朝诗人（Georgian Poets）的陷阱中救了出来。

在英美的批评界，艾略特的地位亦很崇高。他对于伊丽莎白时代的剧本、十七世纪的玄学派、法国的象征诗人等有很深邃的研究。他重新予拜伦的长诗以较高的评价，而将弥尔顿自古典书架的第一栏搬到第二栏。尽管晚期的论调因趋向保守而令批评界惊讶，他的论文仍是非常发人深省的。在学问的丰富、思想的精妙、态度的冷静与文字的清晰各方面，很少学者能与他匹敌。以下让我们翻译艾略特论传统的一段文字，以结束对这位开风气的大师的简介：

"陶醉于怀古的伤感中，是毫无益处的。第一，即使在最优秀的活的传统之中，也恒有优劣因素的混合，和许多有

1　斯彭德与刘易斯均为英国作家。
2　艾肯（Conrad Aiken，1889—1973）、麦克里希（Archibald MacLeish，1892—1982）、格雷戈里（Gregory Corso，1930—2001）均为美国诗人。

待批判的成分；其次，传统也不仅是感情方面的事。同样地，如果不加以充分批判的研究，我们也无法很有把握地固执几个教条式的观念，因为在某一时代认为是健康的信仰，如果它不是少数的基本因素之一，到了另一个时代就可能变为一个危险的偏见。同样地，我们也不应该株守传统，以保持我们对于比较不受欢迎的人们的优越地位。"

一九五九年十二月

舞与舞者

叶芝认为，
希腊文化与耶教文化皆始于凡间一女人之受孕，
所孕者且皆为遁形于鸟的神之子。

　　爱尔兰现代三大作家——萧伯纳[1]、叶芝[2]和乔伊斯[3]——都诞生于首邑都柏林区；萧伯纳生于一八五六年，叶芝生于一八六五年，乔伊斯生于一八八二年。其中叶芝已经公认为二十世纪英语民族最伟大的诗人之一。另一位是艾略特。后者对前者推崇备至，且以弟子自居，然而两人的背景与发展形成鲜明的对照；叶芝少醇而老肆，早期效颦十九世纪末期拉斐尔前派[4]的迷离之美，而后期发展成为一种个人的象征系统和简劲而有弹性的半浪漫半写实风格；艾略特则少纵而老敛，早期继承法国象征派的手法，发而为大胆突出的超现实作风，后期反而皈依宗教与传统。艾略特把废墟支持残余

1　萧伯纳（George Bernard Shaw，1856—1950），爱尔兰剧作家。
2　叶芝（William Butler Yeats，1865—1939），爱尔兰诗人、剧作家和散文家。
3　乔伊斯（James Joyce，1882—1941），爱尔兰作家。
4　拉斐尔前派（Pre-Raphaelite Brotherhood），是1848年在英国兴起的美术改革运动。拉斐尔前派的作品基本上以写实的传统风格为主，画风审慎而细致，用色较清新。

的世界，叶芝收集残余世界搭成一座美好的建筑物。英美的现代诗人欣赏早期的艾略特、晚年的叶芝。

约于一世纪前的六月十三日，叶芝生在都柏林附近的桑迪芒特（Sandy Mount）。他的父亲约翰·巴特勒·叶芝（John Butler Yeats）是闻名于全爱尔兰的风景画家，他自己也曾习画三年。后来他的兴趣转移到文学创作，应同乡王尔德[1]之邀去伦敦，加入"诗人社"[2]（Rhymers' Club），和道生[3]、塞门兹[4]、韩利（William Earnest Henley）等交游，俨然像位颓废诗人。终又不满这种风格，亟思有以振兴本土的文学，乃鼓动格雷戈里夫人（Lady Gregory）、辛格（J. M. Synge）、摩尔（George Moore）等[5]，开创爱尔兰文学复兴之新局面，并筹立爱尔兰文学社（Irish Literary Society）与爱尔兰文学剧院（Irish Literary Theatre）。一九二二年，叶芝被选为爱尔兰自

1　王尔德（Oscar Wilde，1854—1900），英国小说家、剧作家、诗人。
2　诗人社，叶芝和欧内斯特·莱斯在1890年共同创建的文学团体，于1892年和1894年分别出版过诗选。
3　欧内斯特·道生（Ernest Dowson，1867—1900），英国诗人、小说家。
4　塞门兹（Arthur Symons，1865—1945），英国诗人、评论家。
5　格雷戈里夫人（1852—1932），原名伊莎贝拉·奥古斯塔·珀斯，爱尔兰剧作家。辛格（1871—1909），爱尔兰剧作家、诗人。摩尔（1852—1933），爱尔兰著名诗人、作家。

由邦之国会议员，至一九二八年满期。一九二三年他得到诺贝尔文学奖（英语民族的诗人仅吉卜林、叶芝、艾略特获此荣誉）。一九三九年，第二次世界大战前夕，他死在法国南部，葬于罗克布吕纳。一九四八年，大战既终，爱尔兰的海军首次远征异国，去法国接回他的遗体，重葬于故土。

在私生活方面，据说叶芝有点古怪，像个花花公子，多愁善感、心神恍惚，每每沉于幻觉，茫然自失。他很相信印度的招魂术，日借其妻乔琪·丽思（Georgie Lees）与幽冥交通。

至于叶芝在文学上的成就，约可分为四个时期，加以简述。第一个时期是他的唯美时期。这时他深受拉斐尔前派及王尔德唯美运动的影响，可以说完全生活在象牙塔里，而忽视本身所处的现实。这时他的作品，即使有所象征，也是迷离幽美的象征，为象征而象征，即使处理神话与传说，也只是为神话而神话，并未发挥其中的意义。《湖心的茵岛》与《当你年老》二诗——艾略特所谓"宜于诗选的作品"，正是此期风格的代表。

第二个时期是他的自觉时期，大约始于一九〇八年。当时他虽已成为爱尔兰最闻名的诗人与剧作家，但仍未找到真正的自我。作品的产量虽已达二十部左右，而真正的代表作

尚未动笔。一九○八年，一个廿三岁的美国青年远去伦敦，
向叶芝学习写诗；那便是后来成为现代诗的大师且教育过艾
略特与海明威的庞德[1]。两位诗人的接触使年纪大的一位加速
了他现代化的发展。一九一二年，由庞德与女诗人艾米·洛
厄尔[2]领导的意象派正式成立，其六大原则对于叶芝的敲击
力量，自然是猛烈的。他转变了，他扬弃了早期的神话，他
宣布说："浪漫的爱尔兰已经死去。"在《渔夫》一诗中，他说：

> 趁我还年轻，
> 我要为他写一首
> 诗，也许像黎明
> 那么冷峻，而且热情。

第三个时期是他的新神话时期。这一期的作品最难懂，
因为其主题大半取自他个人的神话和象征系统。他的新神
话既非早期的爱尔兰传说，也非传统的占星学，或者斯宾

---

1   庞德（Ezra Pound，1885—1972），美国诗人、文学评论家。
2   艾米·洛厄尔（Amy Lowell，1917—1977），美国女诗人。

格勒[1]的"西方的没落"。根据他的系统,月之二十八态牵涉到人的个性的典型,以及相辅相成的周期性的文化史。他对西方两大文化类型——希腊文化与耶教[2]文化——之间的微妙关系,极感兴趣,并以十一世纪的拜占庭文化为耶教文化周期的高潮。且以代表希腊文化周期的公元前第五世纪的菲狄亚斯[3]时代(the Age of Phidias)与之对照。由此看来,两千年的耶教文化周期大盛于十一世纪,当式微于二十世纪。叶芝乃在《再度来临》(The Second Coming)一诗中说:

> 何来猛兽,大限终于到期,
>
> 蹒跚踱向伯利恒,等待重生?

在读他的十四行名作《丽达与天鹅》时,我们必须了解:叶芝认为,希腊文化与耶教文化皆始于凡间一女人之受孕,

1　斯宾格勒(Oswald Spengler,1880—1936),德国历史学家、哲学家,著有《西方的没落》。

2　耶教即基督教。

3　菲狄亚斯(Phidias,约前490—约前430),古希腊雕塑家。

所孕者且皆为遁形于鸟的神之子。是以宙斯与上帝、丽达与玛利亚、天鹅与白鸽、海伦与耶稣，形成了巧妙的对照。

第四个时期始于一九二八年。这是他的综合时期，也是他最纯真有力的时期。这时他代表第一代的英美诗人；壮年的艾略特和庞德代表着第二代，皆已成名；奥登和斯彭德代表着第三代，正在大学里读书。晚年的叶芝可以说是返璞归真，洗尽铅华；他宁可"裸体步行"，宁可"萎缩为真理"（wither into the truth）。这时他的风格变得平易而口语化，在形式上好用整齐而单纯的歌谣体，每节有一定的行数。《疯狂的简茵》（*Crazy Jane*）八首是最有力的代表作，其主题为一个老疯妇生命之中的基本经历——年轻时和一个修补工匠相恋的回忆。《长腿蚊》（*Long Legged Fly*）写于他死前一年，是他最成熟也是最具思想性的作品。此诗表现古典初期的海伦、古典末期的恺撒和画"第一个亚当"的米开朗琪罗，表现这些孕育创造的或毁灭的力量的人物，在面临重大抉择时的心灵状态，"如一只长腿蚊在流水上逡巡"。

在构成西方文化的三大因素——希腊神话、耶教经典、现代科学——之中，叶芝反对科学，逃避工业社会，而又留恋自己预言已经没落的前两种因素。对于叶芝，创造与毁灭皆为文化所必须，因此无法分割。他把握这个真理，且以深入的思想和有力的手法加以表现。像这样一位生生不息、老当益壮的大诗人，实在值得我们尊敬、效法。

一九六二年四月

莎翁非马洛

如果霍氏之说竟然属实，

则马洛其人不但是伊丽莎白时期的一代文豪，

甚至成为雄视古今的万世诗宗。

这真是文学史上空前的大发现了。

莎士比亚是否马洛[1]（Christopher Marlowe，1564—1593）的笔名？此一疑问的谜底已因近日弗朗西斯[2]（Francis Walsingham）爵士古墓之开掘而面临揭晓的阶段。早在去年三月一日，莎学权威梁实秋教授即已在《自由中国》半月刊上发表了一篇半属报道半属评论的文章，对于霍夫曼[3]（Calvin Hoffman）的努力极表钦佩，但对其学说则仍感怀疑，认为文献不足，证据不够，不能令人心悦诚服。

原来与莎士比亚同庚（均为一五六四年生）的马洛是英国十六世纪末期有名的大诗人兼悲剧作家；而且根据一般文学史的记载，是在二十九岁那年，在伦敦郊外一酒店中与人

1　马洛，英国诗人、剧作家，剧作有《浮士德博士的悲剧》和《马耳他的犹太人》等。

2　弗朗西斯（1530？—1590），英格兰政治家，受封为弗朗西斯爵士，曾任英国女王伊丽莎白一世的首席秘书。

3　霍夫曼（1906—1986），美国文艺批评家，他认为马洛是在"被刺"后隐姓埋名，以"莎士比亚"这个笔名发表作品。

争执动武，受刺身亡，至于争执的原因，或谓同恋酒女，或谓分账不均。但是如果根据霍夫曼的学说，则马洛的死因并不像这么简单。原来马洛本系伊丽莎白女王的特务人员，一五九三年因叛教罪嫌被捕下狱，论罪可能处死；幸有权臣弗朗西斯其人巧为安排"佯死"场面，明为马洛酒店被杀，实则死者另有其人，遂帮助马洛逃过死刑。自此马洛隐居在弗朗西斯的堡中，埋首创作，发表的作品自然不便再署名"马洛"，遂商借当时名伶莎士比亚的姓名为其笔名云云（详细情形见去年三月一日《自由中国》上梁先生的大文）。如今霍夫曼在英国忙于开掘的便是圣保罗教堂中弗朗西斯爵士之古墓，他的理想是在墓里发现莎士比亚剧本的原稿。如果霍氏之说竟然属实，则马洛其人不但是伊丽莎白时期的一代文豪，甚至成为雄视古今的万世诗宗。这真是文学史上空前的大发现了。

然而事实上"马洛即莎翁"的可能性恐怕还是很小的；梁实秋先生在他的大作里早已提出了有力的疑问。以笔者对于伊丽莎白时代文学的修养而言，自然还谈不上有什么新的"考证"；但是站在一个爱好马洛和莎士比亚作品的读者的立场，试就两人的作品之中去探听霍说真伪的消息，也许对于

解"马洛莎翁之结",不无小补。以下便是笔者对于霍说可疑之处的几点说明:

（一）莎士比亚曾写过一百五十四首十四行诗,而马洛从未写过十四行诗。马洛曾写过八百十八行"英雄双行体"（heroic couplets）,而莎士比亚的全集中绝无此种诗体出现。一个作家所擅长的文体应该是他经常乐于运用的。我们似乎很难相信:马洛在廿九岁以前只写"英雄双行体",而廿九岁以后则完全扬弃此体,专写十四行诗。

（二）马洛一生写了五本半诗剧（《狄多》[1]一剧系与纳许合作）,而且均为悲剧。莎士比亚一生写了三十七本诗剧,其中有悲剧,有喜剧,也有史剧。根据一般批评家的分期,莎士比亚的剧作可以分成四个时期:第一期自他廿六岁至卅岁,所写以史剧与喜剧为主,尚是他的"学徒时期";第二期自他卅岁至卅六岁,所写以浪漫喜剧为主;第三期自他卅七岁至四十五岁,所写以悲剧为主;第四期自他四十五岁至四十九岁,所写以喜剧为主。所以莎士比亚悲剧艺术的成熟时期应该在他四十岁左右。而马洛在廿九岁以前已经写过

1　马洛的作品全名应为《迦太基女王狄多》（ *The Tragedy of Dido，Queen of Carthage* ）。

《浮士德》[1]和《帖木耳大帝》等成熟的悲剧杰作。莎士比亚既与马洛同庚，因此我们也很难相信马洛在廿九岁以前已经在悲剧艺术上登峰造极，而三十岁以后竟大写喜剧，隔了十年，又再度进入悲剧创作的高潮（从《哈姆雷特》到《科里奥雷纳斯》，一共是七本悲剧）。霍氏认为莎士比亚的十四行诗内充满了流亡和绝望，正是马洛"佯死"以后内心郁闷的写照，然而马洛在廿九岁以前专为悲剧，"佯死"之后的十年之中竟一连串地写了十本喜剧（莎士比亚自卅岁至卅九岁共写十本喜剧），这又将如何解释呢？

（三）马洛曾译罗马诗人奥维德（Ovid）的《哀歌》（Elegies）二千余行，又曾译罗马诗人卢坎（Lucan）的史诗《法沙利亚》（Pharsalia）第一章六百九十四行。莎士比亚则始终未曾译过古典文学。

（四）《海罗和连达》（Hero and Leander），根据一般文学史的记载，共分六章，凡二千三百七十六行，一五九八年出版；其中前二章，八百十八行为马洛所写，而后四章一千五百五十八行为当时的诗人兼《荷马史诗》名译者的查

1　　马洛的作品全名应为《浮士德博士的悲剧》（The Tragical History of Doctor Faustus）。

普曼[1]（George Chapman）所续，第三章的卷首且有查普曼献给托马斯·弗朗西斯夫人的题词。如果一五九八年马洛尚未"死"，则何须查普曼来续成他的杰作？如马洛佯死后确系用"莎士比亚"为笔名，则《海罗和连达》一诗何以不是马写莎续？

（五）马洛的诗剧都是用"无韵体"（blank verse）写成，此点和莎士比亚的诗剧相同。但是马洛剧中绝无短篇抒情诗的穿插，而莎士比亚的喜剧中短歌颇多；马洛的文字往往是行末句完意亦尽（所谓 end-stopped line，极受"英雄双行体"的影响），莎翁的"无韵体"在行末似乎稍多"悬宕"之妙（所谓 run-on line）。马洛所写的押韵诗均为"英雄双行体"，甚至所译奥维德之《哀歌》亦用此体，唯一的例外是他仅有的一首短诗《多情的牧人赠所欢》（The Passionate Shepherd to His Love），也还是逃不了"AA，BB"的双行体的押韵方式，虽然已经缩成了"抑扬四步格"（iambic tetrameter）。莎翁的押韵诗则除了十四行诗外，尚有四首长诗及许多短篇抒情诗，

1　乔治·查普曼，英国作家、戏剧家和翻译家，曾翻译荷马史诗《伊利亚特》和《奥德赛》。

其押韵方式绝非双行体。

（六）马洛的诗热情奔放，雄浑之至，本·琼森[1]（Ben Jonson）所谓 Marlowe's mighty line[2] 是也；但是他缺乏莎翁的幽默、乔丽、柔婉和丰瞻。一般作家形容莎翁，多用 sweet 一词，此与形容马洛时惯用的 mighty 显然颇不相同。

以上六点自然绝非证明"莎翁非马洛"的充份证据，但似乎已足使我们深深怀疑霍夫曼的大胆假设。笔者相信弗朗西斯爵士古墓的发掘将推翻霍夫曼的学说，而证实梁实秋先生的见解。

一九五六年元月廿七夜

1　本·琼森（1572—1637），英国剧作家、诗人。他的作品以讽刺剧见长。
2　Marlowe's mighty line 意为"马洛式的雄浑诗行"。

中国的良心——胡适

当一个军阀、

一个政客死时，

他是完完全全地死了；

当一个真正的学人死时，

正是他另一生命的开始。

当代中国最具影响力的学者胡适死了。对于中国的文化界说来，这是异常重大的损失。对于胡先生本人来说，我毋宁庆幸他死得其所。在动荡的中国文化界，能像胡先生这样忠于自己的信仰且坚其晚节的学者，太少太少了。在今日的台湾，骂胡适是一件最安全的出风头的事。有人说他对大陆沦陷应该负责，有人说他是中国人的耻辱，有人骂他是学阀，有人甚至主张把他空投大陆。"我的敌人胡适之"和"我的朋友胡适之"同样流行于中国的文化界。一个手无寸铁的学者，竟能造成举国友之甚至举国敌之的局面，在现代中国，还是绝无仅有的例子。事实上，才高于胡适者有之，学富于胡适者有之，国际声誉隆于胡适者有之（如林语堂及李、杨[1]）。然而胡适在中国文化界何以如此重要呢？此无他，胡适是思想界的一个领袖，他言行一致，贯彻始终，而且用极其浅近

1　指李政道和杨振宁，1956年合作提出弱相互作用中宇称不守恒定律，并于1957年获诺贝尔物理学奖。

明畅的白话来表达他的思想。胡适何适？他以古稀之年迢迢来归，虽然在学问上并无满意的成就，总算把这把老骨头光荣地埋在这座孤岛上。

胡适已经死了。可以想象得到的是，亲痛仇快，棺已盖而论未定。我敢相信，历史的定论将是正面的。胡适是现代中国自由思想的领袖，也是现代化运动的一大功臣。没有胡适，我们眼前偏见之雾将更浓。没有胡适，我们和民主的距离将更远。没有胡适，我们的教育将更不现代化，更不普及。时至今日，我们最需要的仍然是科学与民主，因为科学并不等于原子炉或电视，民主也并不等于选举或罢免。有人斤斤计较，要凭信史溯五四运动之源。事实上这于胡适有何损？可贵的不是谁先创始，而是谁最坚持不移，谁最具影响力量。

胡适的影响遍及整个文化界。此处我想缩小范围，仅论其文学的一面。在这方面，他的贡献是不可磨灭的。骂胡适的人，必须用白话文，才能使别人了解。胡适鼓吹白话文学，使文字与语言再度结合，乃年轻了久已暮气沉沉的中国旧文学。此举可以比之欧洲的文艺复兴和华兹华斯[1]的反古典运

1　华兹华斯（William Wordsworth，1770—1850），英国诗人，湖畔派代表，1843年被封为桂冠诗人。

动。然而胡适在中国文学的地位并不足以比拟但丁[1]或华兹华斯。本质上他是一个改革家、运动家，不是一个作家。固然，他也写新诗和散文，可是在他的作品中，思想传达的成分仍浓于艺术的创造，亦即说明多于表现。他主要是一个思想家；他的新诗充其量像爱默生[2]或梭罗[3]的作品，但缺乏前者的玄想及后者的飘逸，不，有时候他的新诗只是最粗浅的譬喻而已：

> 我大清早起；
> 站在人家屋角上哑哑的啼。
> 人家讨厌我，说我不吉利——
> 我不能呢呢喃喃讨人家的欢喜。

像这样的一首诗，在艺术上的评价实在很低，尽管它可以被引用来印证胡适的思想或人生态度。胡适在诗中用了一

1　但丁（1265—1321），意大利诗人，以长诗《神曲》留名后世。
2　爱默生（Ralph Waldo Emerson，1803—1882），美国散文家、诗人。
3　梭罗（Henry David Thoreau，1817—1862），美国作家。

点起码的象征，可是这种象征是浅近而现成的，不耐咀嚼，像是盖在思想上的一层玻璃，本身没有什么可观。又如下面的一首：

> 山下绿丛中，
>
> 露出飞檐一角，
>
> 惊起当年旧梦，
>
> 泪向心头落。
>
> 对他高唱旧时歌，
>
> 声苦无人懂——
>
> 我不是高歌，
>
> 只是重温旧梦。

其中的措辞与节奏，实在都是陈旧的，最多只是较自由的旧诗。事实上，五四时代的新诗人们，虽然有志推行新诗运动，但一方面由于对旧诗欠缺透视的距离，对西洋诗尚未认识清楚；而另一方面，以白话为基础的新语文尚未演变成熟，是以当时的新诗只是半旧不新的过渡时期的产物，做文学史的数据则可，做美感的对象就勉强了。一直要到徐、何、卞、李、冯、戴[1]诸人，新诗才算进入美的范围。是以五四的新诗运动，本质上是语言的，不是艺术的，而胡适等人在新诗方面的重要性也大半是历史的（historical），不是美学的（aesthetic）。在今日的台湾，几乎任何新诗人的作品都超越了《尝试集》。可是文学是渐渐发展而成的，不是无中生有的，没有胡适的努力，怎能有今日的自觉与成就？反过来说，置我们于五四时代，我们的作品也许还不如《尝试集》。何况胡适的活动初不限于新诗一隅，他的成就是全文化的。

无疑地，胡适先生是一个伟人。可是过分崇拜伟人和盲目诋毁伟人，是同样地有害的。伟人而成为偶像，则其伟大性已经变质，于本人、于社会，都很不利。攻击胡适者，动机复杂，风度各异，不必详述。但是"捧"他的人有时也未免过分了。把他的新诗登了又登，把他的只字片言当作广告利用，把他的逸事传了又传，甚至誉他为大诗人、大作家，甚至推他去应征诺贝尔奖金（虽然比推别的一些人要切题得多），就似乎"走得太远了"。而胡先生本人呢，在文学欣赏上，如果不是不够深刻，至少也是相当随便。例如对于某些

1　中国近现代新诗代表人物徐志摩、何其芳、卞之琳、李广田、冯至和戴望舒。

小说，胡先生实在不必捧场。在胡先生不过是聊表鼓励，甚至不愿扫兴，可是一言既出，为天下法，就苦了那些"爱好文艺"的中学生了。胡先生的毛病，在于对文学的要求仅止于平易、流畅、明朗。这要求太宽了、太起码了。这些性质原不失为文学作品的美德，可是那应该是透过深刻的平易、密度甚大的流畅、超越丰富的明朗。胡先生的散文实优于诗，他的译文也很清新，只是他的散文仍是思想家的散文，宜于议论，不宜于把握美感经验。

然而胡先生毕竟是民主的斗士、思想的长城、学界的重镇、中国现代化运动的敲打乐器、新文学运动的破冰船。和这种人同一时代是幸运的，也是光荣的。我也曾有过骂他的冲动，直到去年春天，在一个可纪念的场合我见到了他，见到了他那自然而诚恳的风度，我很感动。我为他的死难过。中国的苦难正深，偏见犹浓，胡适死了，民族的良心将跳得更弱。可是，当一个军阀、一个政客死时，他是完完全全地死了；当一个真正的学人死时，正是他另一生命的开始。

一九六二年二月廿六日

美国诗坛顽童卡明斯

美国现代诗坛

有一个永远长不大的彼得·潘(Peter Pan),

从一九二三年起就不曾长大过,

可是虽然永不长大,现在却已死了。

美国现代诗坛有一个永远长不大的彼得·潘（Peter Pan），从一九二三年起就不曾长大过，可是虽然永不长大，现在却已死了。他的名字也挺帅的，横着写，而且是小写，你看过就不会忘记。那就是 e.e.cummings。

爵士时代[1]的几个代言人，现在都死得差不多了。海明威是一个。格什温[2]（George Gershwin）是一个。詹姆斯·迪恩[3]是一个。现在轮到了卡明斯。这些人，有一个共同的特点，有一副满是矛盾的性格——他们都是看来洒脱，但很伤感，都有几分浪子的味道，都满不在乎似的，神经兮兮的，落落寡合的，而且呢，都出奇的忧郁，忧郁得令人传染。就

---

1 爵士时代，一般指第一次世界大战结束、经济大萧条以前的约十年时间，此时享乐主义开始大行其道，艺术也到了一个较高的发展水平。

2 乔治·格什温（George Gershwin，1898—1937），美国作曲家、指挥家、钢琴家。

3 詹姆斯·迪恩（James Dean，1931—1955），美国男演员，凭借《伊甸园之东》于1956年获得奥斯卡金像奖"最佳男主角"提名。

是这么一批人。

卡明斯似乎永远长不大，正如艾略特似乎永远没年轻过——艾略特一写诗就是一个老头子，至少是一个未老先衰的青年，从《普鲁弗洛克的恋歌》起，他就一直老气横秋的。卡明斯似乎一直没有玩够，也没有爱够。我不是说他没有成熟，我是说他一直看来年轻、经老。在这方面，他令我们想起了另一位伟大的青年诗人——来自王子之国威尔士的现代诗王子迪伦·托马斯[1]。比较起来，托马斯豪放些、深厚些，卡明斯飘逸些、尖新些。托马斯像刀意饱酣的版画，卡明斯像线条伶俐的几何构图。批评家曾把现代雕塑的考尔德[2]（Alexander Calder）来比拟现代诗的卡明斯。考尔德那种心机玲珑的动态雕塑（mobiles）也的确有点像卡明斯的富于弹性的精巧的诗句，两者都是七宝楼台，五云掩映，耐人赏玩。

事实上，卡明斯的诗和现代艺术确有密切的关系。像布

1　迪伦·托马斯（Dylan Thomas，1914—1953），威尔士诗人。

2　考尔德（1898—1976），美国著名雕塑家、艺术家，动态雕塑的发明者。

莱克[1]、罗赛蒂[2]、叶芝、科克托[3]一样，他也是诗画两栖的天才。他生前一直希望别人知道他"是"（而非"也是"）一位画家，且数度举办个展。他的全名是爱德华·艾斯特林·卡明斯（Edward Estlin Cummings，1894—1962）。他的生日是十月十四日。他的家庭背景很好，父亲是哈佛大学英文系的讲师，其后成为有名的牧师，而小卡明斯也就出生在哈佛的校址——麻省的剑桥。一九一六年，他获得哈佛的文学硕士学位，不久就随诺顿·哈吉士野战救护队去法国服役。一位新闻检查官误认他有通敌嫌疑，害他在法国一个拘留站（卡明斯直截了当管它叫"集中营"）中被监禁了三个月。这次不愉快的经验后来成为他的小说《巨室》（The Enormous Room）的题材。从那拘留站释放出来，卡明斯立即自动加入美国的陆军，正式作战。第一次世界大战之后，他去巴黎学画，之后他一直往返于巴黎和纽约之间，做一个职业的画家，同时也渐渐成为一位顶尖儿的现代诗人。一九二五年，他得到"日

1　布莱克（William Blake，1757—1827），英国诗人、版画家。
2　罗赛蒂（Dante Gabriel Rossetti，1828—1882），英国画家、诗人，拉斐尔前派艺术向后来唯美倾向转变的领导人物。
3　科克托（Jean Cocteau，1889—1963），法国作家，创作诗歌、小说、戏剧等，且擅长绘画。

暑仪"文学奖。一九五四年，哈佛母校聘请这位老校友回去，主持有名的"诺顿讲座"（Charles Eliot Norton Lectures at Harvard）。这个讲座在学术界的地位很高，大作曲家斯特拉文斯基和考普兰都曾经主持过。

多才的卡明斯曾经出版过一册很绝的画集，叫作CIOPW。原来这五个大写字母正代表集中的五种作品——C代表炭笔画（Charcoal），I代表钢笔画（Ink），O代表油画（Oil），P代表铅笔画（Pencil），W代表水彩画（Watercolor）。兼为画家的卡明斯，他的诗之受到现代画的影响，是必然的。现代艺术最重要的运动之一，毕加索和布拉克[1]倡导的立体主义，将一切物体分解为最基本的几何图形，在同一平面上加以艺术的重新组合，使它们成为新的现实。这种艺术形式的革命，在现代诗中，经阿波利内尔[2]的努力，传给了美国的麦克里希、雷克斯勒斯[3]（Rexroth）和卡明斯。在现代诗中"立体主义"指各殊的意象和叙述，以貌若混乱而实经思考的方式，呈现于读者之前，使其形成一篇连贯的作品。诗人运用这种方式，将经验分

1　布拉克（Georges Braque，1882—1963），法国立体主义绘画大师。

2　阿波利内尔（Guillaume Apollinaire，1882—1918），法国诗人。

3　雷克斯勒斯（Kenneth Rexroth，1905—1982），美国诗人、画家、翻译家。

解为许多元素而重新组合之，正如画家将物体分解一样。

卡明斯则更进一步，大胆地将诗的外在形式也"立体化"了。我把他叫作"排版术的风景画家"（typographical landscape painter），或是"文字的走索者"（verbal acrobat）。顽童之名，盖由此而来。在此方面，他的形式是与众不同、独出机杼的。例如他把译为"我"的I写成i，又把传统诗每行首字的大写改成小写，起初曾使批评界哗然。事实上这并没有什么值得大惊小怪。在中国诗里，"我"字本来就无所谓大写不大写。我们也从不将"孔雀东南飞，五里一徘徊"中的"孔"字和"五"字大写。其次，在这种"立体派"的作风下，卡明斯复把文字的拼法自由组合或分解，使它们负担新的美感使命，而加强文字的表现力和句法的弹性。例如他把mankind改成manunkind。把神枪手连发五弹的动作连缀成onetwothreefourfive，以加强快速的感觉。把most people连缀成mostpeople，以代表那些乡愿式的"众人"。下面一个例子，最能代表他这方面的风格。原意该是Phonograph is running down, phonograph stops.（唱机要停了，唱机停止。）结果被他改写成：

```
                        pho
        nographisrunn
        ingd o w，n        phonograph
                        stopS.
```

　　这种形式，看起来不顺眼，但是读起来效果很强，多读几遍，便会习惯的。读者请原谅我不得不直接引用英文，因为翻译是不可能的。

　　又例如在《春天像一只也许的手》(*spring is like perhaps hand*)中，他将同样的字句，时而置于括弧内，时而置于括弧外，时而一行排尽，时而拆为两行，时而略加变更次序，造成一个变动不已的效果，令人想起立体主义绘画中的阴阳交迭之趣。

　　其次，卡明斯往往打破文法的惯例和标点的规则，以增进表现的力量。他往往变易文字的词类，为了加强感觉，例如在《或人住在一个很那个的镇上》(*anyone lived in a pretty how town*)之中，便有许多这样的手法：

anyone lived in a pretty how town

(with up so floating many bells down)

spring summer autumn winter

he sang his didn' t and he danced his did.

Women and men (both little and small)

cared for anyone not at all

they sowed their isn' t they reaped their same

sun moon stars rain

　　此处的"或人"（anyone）当然可以视为任何小镇上的小人物。"春夏秋冬"连写在一起，当然是指"一年到头"的意思。"他唱他的不曾，他舞他的曾经"，是非常有趣的创造。"不曾"令人难忘，故唱之；"曾经"令人自豪，故舞之。而此地的"不曾"和"曾经"在英文文法中，原来都是助动词，但均被用作名词，就加倍耐人寻味，且因挣脱文法的枷锁，而给人一种自由、新鲜的感觉。第二段中的isn' t也是同工的异曲。"日月星雨"应该是指"无论昼夜或晴雨"。全诗一共九段，给人的感觉是淡淡的悲哀和寂寞，因为一切都是抽象的。

乔伊斯和斯坦[1]女士在小说中大量运用的意识流技巧，卡明斯在诗中亦曾采用，有时也相当成功。例如上面所举"或人住在一个很那个的镇上"的第一段中，"with up so floating many bells down"一行，实际上只是意识流的排列次序，正规的散文次序应该是"with so many bells floating up (and) down"。可是前者远比后者能够表现铃铛上下浮动时那种错综迷乱的味道。

卡明斯的作品，除了前面提起过的大战小说《巨室》和画集 CIOPW 外，还有诗集 Tulips and Chimneys（1923）、XLI Poems（1925）、is 5（1926）、ViVa（1931）、No Thanks（1935）、1×1（1944）等多种。此外，他尚有剧本《他》（him，1927），芭蕾剧《汤姆》（Tom，1935），及寓意剧《圣诞老人》（Santa Claus: A Morality，1946）。

大致上说来，卡明斯的诗所以能那么吸引读者，是由于他那种特殊而天真的个人主义，和他那种独创的崭新的表现方式。前者使他勇于强调个人的自由与尊贵，到了童稚可爱

1　格特鲁德·斯坦（Gertrude Stein，1874—1946），美国小说家、诗人、剧作家和理论家。

的程度。在僵硬了的现代社会中，这种作风尤其受到个别读者的热烈欢迎。他曾说，政客只是"一个屁股，什么都骑在上面，除了人"（an arse upon/Which everything has sat except a man.）。后者使他成为一个毁誉参半的诗人；许多读者看不顺眼的，正是另一些读者喜欢得入迷的排版上的"怪"。事实上，"看不顺眼"的排版方式，往往可以"听得入耳"，因为那种方式原是便于诵读，不是便于阅览的。

这些"怪诗"，可以分成两类。一类是抒情诗，或咏爱情，或咏自然。另一类是讽刺诗，或抒发轻松的机智，或做严厉的攻击。后者反映美国的现实，比较有区域性，不易为外国读者欣赏。前者精美柔丽，轻若夏日空中的游丝，巧若精灵设计的建筑，真是裁云缝雾，无中生有，匪夷所思。春天和爱情是这类诗中的两大主题。春天死了，还有春天。情人死了，还有情人。歌颂春天和爱情的诗，其感染性普遍而持久，所以能令外国读者和后世读者也怦然心动。卡明斯的情诗，写起来飘飘然、翩翩然，轻似无力，细似无痕，透明而且抽象，可是，真奇怪，却能直叩心灵，感染性非常强烈。一旦读者征服了形式上的怪诞，他将会不由自主地再三低吟那些催眠的诗句，且感到解开密码后豁然开朗的喜悦。对于卡明斯，生命是一连串渐渐展露的发现，"恒是那美丽的答案，问一个更美丽的问题"。对于他，爱情是无上的神恩，是"奇妙的一乘一"。在《我从未旅行过的地方》(*somewhere i have never travelled*) 一诗中，有下面的两段，可以代表这类诗的风格：

> 你至轻的一瞥，很容易将我开放
> 虽然我关闭自己，如紧握手指
> 你恒一瓣瓣解开我，如春天解开
> （以巧妙神秘的触觉）她第一朵蔷薇
> 若是你要关闭我，则我和
> 我的生命将合拢，很美地，很骤然地
> 正如这朵花的心脏在幻想
> 雪片啊小心翼翼地四面下降

透过奇特的形式，透过那一些排版术上的怪癖，透过那些令浅尝辄止的读者们望而却步的现代风貌，我们不难发现，尽管卡明斯是现代诗最出风头的前卫作家之一，他的本质仍是传统的、浪漫的，几乎到伤感的程度。事实上，许多现代作家的

"硬汉姿态"只是他们温柔气质的掩饰。卡明斯的追随者虽多，他毕竟不是现代诗的主流。他不是一个深刻的思想家，他的接触面颇有限制，他的分量也不够重，可是他那天真可喜的个人主义，他那多姿多彩万花筒式的表现技巧，和他那种至精至纯的抒情风味，使他成为现代诗中一条美丽活泼的支流。读者翻开叶芝和艾略特的诗集，为了寻找智慧和深思，但是他为了喜悦和享受，翻开卡明斯的作品，就像他为了喜悦和享受，去凝望杜菲[1]或米罗[2]的画一样。卡明斯也有一些过分做作以至于沦为字谜的试验品，可是一位诗人，一生只要留下一两打完美无憾的杰作，也就够了。许多三流作者，只学到他缤纷的外貌，没有把握到他纯净如水、透明如玻璃的抒情天才，浪费蓝墨水罢了。诗坛究竟不是动物园。动物园里不妨有几只同类的奇禽异兽，诗坛只能有一个卡明斯啊。

顽童不再荡秋千了，秋千架空在那里。让我们吹奏所有的木管乐器，送他到童话的边境。

一九六二年九月

1　杜菲（Raoul Dufy，1877—1953），又译劳尔·杜飞，法国画家。
2　米罗（Joan Miro，1893—1983），西班牙画家、雕塑家、陶艺家。

死亡，你不要骄傲

人类的历史就是这样：
一些躯体变成一些灵魂，
一些灵魂变成一些名字。

六十年代刚开始，死亡便有好几次丰收——海明威、福克纳、胡适、卡明斯，现在轮到弗罗斯特。当一些灵魂如星般升起，森森然，各就各位，为我们织一幅怪冷的永恒底图案，一些躯体像经霜的枫叶，落了下来。人类的历史就是这样：一些躯体变成一些灵魂，一些灵魂变成一些名字。好几克拉地射着青芒的名字。称一称人类的历史看，有没有一斗名字？就这么俯践枫叶，仰望星座，我们愈来愈寂寞了。死亡，你把这些不老的老头子摘去做什么？你把胡适摘去做什么？你把弗罗斯特的银发摘去做什么？

见到满头银发的弗罗斯特，已是四年前的事了。在老诗人皑皑的记忆之中，想必早已没有那位东方留学生的影子。可是四年来，那位东方青年却常常记挂着他。他的名字，几乎没有间断地出现在报上。他在美国总统的就职大典上朗诵《全新的赠与》（*The Gift Outright*）；他在白宫的盛宴上和美丽的杰奎琳[1]娓娓谈心；他访俄，他访以色列。他在这些场合的照片，常出现在英文的刊物上。有一张照片——那是世界上仅有的一张——在我书房的墙上俯视着我。哪，现在，当我写悼念他的文章时，他正在望我。在我，这张照片已经变成辟邪的灵物了。

那是一九五九年。八十五岁的老诗人来我们学校访问。在那之前，弗罗斯特只是美国现代诗选上一个赫赫有声的名字。四月十三号那天，那名字还原成了那人，还原成一个微驼略秃但神采奕奕的老叟，还原成一座有弹性的花岗岩、一株仍然很帅的霜后的银桦树，还原成一出有幽默感的悲剧、一个没忘记如何开玩笑的斯多伊克。

那天我一共见到他三次。第一次是在下午，在爱奥华大学的一间小教室里。我去迟了，只能见到他半侧的背影。第二次是在当晚的朗诵会上，在挤满了两千听众的大厅上，隔了好几十排的听众。第三次已经夜深，在安格尔教授的家中，我和他握了手，谈了话，请他在诗集上签了名，而且合照了一张像。犹记得，当时他虽然颇现龙钟之态，但顾盼

1　指时任美国总统约翰·肯尼迪的夫人。

之间，仍给人矍铄之感，立谈数小时，仍然注意集中。他在
《弗罗斯特诗集》（ *The Poems of Robert Frost* ）的扉页上，为我
题了如下的字句：

For Yu Kwang-chung

　　from Robert Frost

with best wishes

Iowa City，Iowa，U.S.A.1959

当时我曾拔出自己的钢笔，递向他手里，准备经他用后，
向朋友们说，曾经有"两个大诗人"握过此管，说"彩笔昔曾
干气象，白头今望苦低垂"。可惜当时他坚持使用自己的一
支。后来他提起学生叶公超，我述及老师梁实秋，并将自己
中译的他的几首诗送给他。

我的手头一共有弗罗斯特四张照片，皆为私人所摄藏。
现在，弗罗斯特巨大的背影既已融入历史，这些照片更加可
贵了。一张和我同摄，弗罗斯特展卷执笔而坐，银丝半垂，
眼神幽淡，像一匹疲倦的大象，比他年轻半个世纪的中国留
学生则侍立于后。一张是和我、菲律宾小说家桑托斯、日本

女诗人长田好枝同摄；老诗人歪着领带，微侧着头，从悬岩般的深邃的上眼眶下向外矍然注视，像一头不发脾气的老龙。一张和安格尔教授及两位美国同学合影，老诗宗背窗而坐，看上去像童话中的精灵，而且有点像桑德堡。最后的一张则是他演说时的特有姿态。

弗罗斯特在英美现代诗坛上的地位是非常特殊的。第一，他是现代诗中最美国的美国诗人。在这方面，唯一能和他竞争的，是桑德堡。桑德堡的诗生动多姿，富于音响和色彩，不像弗罗斯特的那么朴实而有韧性，冷静，自然，刚毅之中带有幽默感，平凡之中带有奇异的成分。桑德堡的诗中伸展着浩阔的中西部，矗立着芝加哥，弗罗斯特的诗中则是波士顿以北的新英格兰。如果说，桑德堡是工业美国的代言人，则弗罗斯特应是农业美国的先知。弗罗斯特不仅是歌颂自然的田园诗人，他甚至不承华兹华斯的遗风。他的田园风味只是一种障眼法，他的区域情调只是一块踏脚石。他的诗"兴于喜悦，终于智慧"。他敏于观察自然，深谙田园生活，他的诗乃往往以此开端，但在诗的过程中，不知不觉，行若无事地，观察泯入沉思，写实化为象征，区域性的扩展为宇宙性的，个人的扩展为民族的，甚至人类的。所谓"篇终接混茫"，正合乎弗罗斯特的艺术。

有人曾以弗罗斯特比惠特曼[1]。在美国现代诗人之中，最能继承惠特曼的思想与诗风者，恐怕还是桑德堡。无论在注洋纵恣的自由诗体上、拥抱工业文明热爱美国人民的精神上、肯定人生的意义上，或是对林肯的崇仰上，桑德堡都是惠特曼的嫡系传人。弗罗斯特则不尽然。他的诗体恒以传统的形式为基础，而衍变成极富弹性的新形式。尽管他能写很漂亮的"无韵体"（blank verse）或意大利式十四行（Italian sonnet），其结果绝非效颦或株守传统，而是回荡着现代人口语的节奏。然而弗罗斯特并不直接运用口语，他在节奏上要把握的是口语的腔调。在思想上，他既不像那位遁世唯恐不远的杰弗斯[2]那么否定大众，也不像惠特曼那么肯定大众。他信仰民主与自由，但警觉到大众的盲从与无知。往往，他宁可说"否"（nay）而不愿附和。他反对教条与专门化，他不喜工业社会，但是他知道反对现代文明之徒然。在一个混

1　惠特曼（Walt Whitman，1819—1892），美国诗人，他创造了诗歌的自由体（Free Verse），主要代表作品有诗集《草叶集》。
2　杰弗斯（Robinson Jeffers，1887—1962），美国诗人。

乱而虚无的时代，当大众的赞美或非难太过分时，他宁可选择一颗星的独立和寂静。他总是站在旁边，不，他总是站得高些，如梭罗。有人甚至说他是"新英格兰的苏格拉底"（Yankee Socrates）。

其次，在现代诗中，弗罗斯特是一个独立的巨人。他没有创立任何诗派。他没有卡明斯或史蒂文斯[1]（Wallace Stevens）那种追求新形式的兴趣，没有桑德堡或艾米·洛厄尔（Amy Lowell）那种反传统的自信，没有斯彭德或奥登那种左倾的时尚，更缺乏艾略特那种建立新创作论的野心，或是托马斯（Dylan Thomas）那么左右逢源的超现实的意象。然而在他的限度中，他创造了一种新节奏，以现代人的活语言的腔调为骨干的新节奏。在放逐意义、崇尚晦涩的现代诗的气候里，他拥抱坚实和明朗。当绝大多数的现代诗人刻意表现内在的生活与灵魂的独白时，他把叙事诗（narrative）和抒情诗写得同样出色，且发挥了"戏剧性独白"（dramatic monologue）的高度功能。

---

[1] 史蒂文斯（Wallace Stevens，1879—1955），美国著名现代诗人，1955年获得普利策诗歌奖。

　　最后，就是由于弗罗斯特的诗从未像别的许多现代诗一样，与自然或社会脱节，就是由于弗罗斯特的诗避免追逐都市生活的纷纭细节，避免自语而趋向对话，他几乎变成现代美国诗坛上唯一能借写诗生活的作者。虽然在民主的美国，没有桂冠诗人的设置，但由于艾森豪威尔聘他为国会图书馆的诗学顾问，肯尼迪请国会通过颁赠他一块奖章，他在实际上已是不冠的诗坛祭酒[1]了。美国政府对他的景仰是一致的，而民间，大众对他也极为爱戴。像九缪斯的爸爸一样，颤巍巍地，他被大学生、被青年诗人们捧来捧去，在各大学间巡回演说，朗诵，并讨论诗的创作。一般现代诗人所有的孤僻，弗罗斯特是没有的。弗罗斯特独来独往于欢呼的群众之间，他独立，但不孤立。身受在朝者的礼遇和在野者的崇拜，弗罗斯特不是呼之即来挥之即去的御用文人，也不是媚世取宠的流行作家。美国朝野敬仰他，正因为他具有这种独立的敢言的精神。当他赞美时，他并不纵容；当他警告时，他并不冷峻。读其诗，识其人，如攀雪峰，而发现峰顶也有春天。

1　祭酒，古时官职称谓，意指首席、主管，现多用于形容各界翘楚。

在他生前，世界各地的敏感的心灵都爱他，谈他。弗罗斯特已经是现代诗的一则神话。上次在马尼拉，菲律宾小说家桑托斯还对我说："还记得弗罗斯特吗？他来我们学校时，还跟我们一块儿照相呢！"回到台北，在第一饭店十楼的汉宫花园中，又听到美国作家史都华对中国的新诗人们说："弗罗斯特是美国的大诗人，他将不朽！"

在可能是他最后的一首诗（一九六二年八月所作的那首 The Prophets Really Prophesy as Mystics／The Commentators Merely by Statistics）中，弗罗斯特曾说：

　　人的长寿多有限

是的，现代诗元老的弗罗斯特公公不过享了八八高龄，比提香[1]和萧伯纳毕竟还减几岁。然而在诗人之中，能像他那么老当益壮创作不衰的大诗人，实在寥寥可数。现在他死了，为他，我们觉得毫无遗憾。然而为了我们，他的死毕竟是自由世界的不幸。美国需要这么一位伟人，需要这么一位

1　提香（约1489—1576），意大利画家。

为青年所仰望的老人，正如一世纪前，她需要爱默生和林肯。高尔基论前辈托尔斯泰时，曾说："一日能与此人生活在相同的地球上，我就不是孤儿。"对于弗罗斯特，正如对于胡适，我们也有相同的感觉。

一九六三年一月三十一日

缪斯的侦探

——介绍来台的美国作家保罗·安格尔

怒燃着奇才的个人可能
比十万个没有个性的庸才
更有价值。

"如果雪莱今日出现在爱奥华大学，像目前许多英国诗人一样，他的才气将获得赏识，且受到鼓励；像他当日被牛津大学开除，那种情形是无法想象的。"美国州立爱奥华大学诗与小说创作班班主任保罗·安格尔教授（Prof. Paul Engle）在《内陆》（Midland）一书的序文中，这么写过。

一个半世纪以前，牛津大学一座攀满了常春藤的古老砖房之中，一位不快乐的天才写了一本小册子——《无神论的必然性》（The Necessity of Atheism）。事情被大学当局发现，他便被开除了。一个半世纪之后的今天，这位"不良少年"的诗在该校的文学课程之中，成为必读作品。他的名字便是雪莱。一百多年来，这种冻结天才的学府冷气，并未有多少改善。在大学的红砖墙中，一个创造的灵魂仍然缺乏应有的引导和鼓励，不论那墙上攀的是常春藤、蛇麻草、牵牛花、野葛，或者（像台湾大学那样）什么都没有攀爬。有时候，那道墙高得连缪斯的天马（Pegasus）也飞不进去。有时候，飞进去了又被逐了出来。

在大学里，如果你对文学以外的艺术富有创造的雄心，你可以进音乐院、画室，或戏剧学校，可是如果你志在诗或小说，在通常的情形下，没有人会给你指导或鼓励。所谓教授，往往只是一种钻研的动物，一种寄生在伟大灵魂上的小头脑，患着严重的"才盲症"（genius blindness）。这种动物所津津乐道的是弥尔顿和王尔德，但是当一个年轻的弥尔顿或王尔德就坐在他们的粉笔射程之内时，他们会盲目得认不出来。

这种情形，今日在欧洲大陆仍然非常普遍。在美国，由于一些先知心灵的努力，和开明的学校的注意，已经渐渐有了变化。近二十多年来，已经有若干美国大学开出正式的创作课程，让一些具有文学创造潜能的青年自由选读，并凭借一卷诗、一本小说，即可取得高等的学位。州立爱奥华大学正是这种文化先驱之一，而近廿年来主持该大学的文学创作班的，正是安格尔教授。

安格尔教授是一个高高瘦瘦的中年人。机智和幽默感从他两只灰蓝色的眸中溢出，凝聚在微微翘起的鼻尖上。也许那鼻尖太尖了一点，它们又滑了下来，漾成嘴角的一圈微笑。

从外表上看，安格尔并不像一位教授。他的衣着非常随便，甚至在教室里上课时，也只穿套头的灰青色毛线衣和磨得发白的蓝色工作裤。他的英语说得低而快，和元月间来台湾访问的史都华形成对照。

今年安格尔已经五十五岁了。他出身于以农立州的爱奥华农人之家。他的祖父和外祖父都是南北战争的老兵。他从小在街头卖报，也做过搬运小工、杂货店伙计、司机和园丁。一度他研读神学，而且布过道。一九三二年，他得到爱奥华大学的文学硕士学位，毕业论文是一卷诗，叫《疲惫的大地》(*Worn Earth*)。这也许是以创作获得大学研究院学位的最早先例，而且使作者荣获该年度"耶鲁文丛青年诗人奖"。其后他曾在哥伦比亚大学读英国文学和人类学。一九三三年至一九三六年，他又去英国的牛津读研究院。在欧洲时，他游踪很广，曾经遍历英国各地，并且远及瑞典、乌克兰和意大利的西西里岛。一九三七年，安格尔回到美国北部的母校爱奥华大学任教，不久便主持现已闻名国际的诗和小说创作班。

这种创作班在文学教育中尚是空前的创举。凡进入该班学习以英文创作诗或小说的青年，必须具备大学毕业的资格，且提出自己的英文诗或短篇小说。获得通过后，他可以申请修读"艺术硕士"（Master of Fine Arts）学位，自己安排一套相当于六十学分的课程。课程内容十分自由：你可以全部限于文学，甚至选修艺术系、戏剧系或音乐系的课。总之你得修满六十个学分；有时，文学名著的翻译或者在大学教书的资历也可以充一部分学分。至于毕业论文的性质，更是自由广阔，且鼓励创作。一九五九年夏天，和我同届毕业的美国同学，他们的论文有的是诗集，有的是短篇小说，有的是"石涛的作品与理论"，有的是"都市计划的理论与实际"，有的是"毕加索作品中的古典神话"，有的是"白莱克的实验性印刷"，有的是"二十世纪的雕塑"。

至于创作班本身上课的情形，是再轻松自由不过的。来自美国各州和世界各国的男女青年作家坐成一个马蹄形，安格尔便坐在马蹄的缺口。大家膝上摊开蓝色的油印诗稿，由安格尔逐首批评。有时被评的学生也会发言自卫，几乎全盘否定教授的讲解。有时学生们因对一首诗的评价有异而分成两派，自管自地辩论了起来，马蹄口的教授反而在一旁观战。学生之中，不少在本国早是知名的作家，对于教授的批评自然未能尽服。例如菲律宾的学生桑托斯早已是菲律宾第一流的诗人与小说家，甚且做过该国莱加斯皮学院的院长；有一次便和安格尔争论起来，用安格尔自己的语气和口头禅，把安格尔调侃得啼笑皆非，"大快人心"。

可是平常，班上的气氛总是融洽而愉快的。学生的国籍，用丛苏[1]小姐的话来说，多得可以组一个小型的联合国。我们的同学来自中国、韩国、日本、菲律宾、爱尔兰、英国、加拿大、澳洲和印度。美国同学之中，有的已经成名，例如史纳德格拉斯（W. D. Snodgrass）后来便获得一九六○年的普利策诗歌奖，青出于蓝，在美国的声名乃凌驾老师之上。更早的学生名单中，更闪动着威廉斯[2]（Tennessee Williams）、贾里格[3]（Jean Garrigue）和海克特[4]（Anthony Hecht）的名字。创作班教授的阵容，也曾经包括了华伦[5]（Robert Penn

---

1　丛苏，原名丛掖滋，赴美留学后在美国洛克菲勒纪念图书馆任主任职，并从事著述，在《文学杂志》《现代文学》《自由中国》等期刊发表小说和散文。
2　威廉斯，原名托马斯·拉尼尔·威廉斯三世（Thomas Lanier Williams III，1911—1983），美国剧作家、小说家，先后凭《欲望号街车》《热铁皮屋顶上的猫》获得普利策戏剧奖。
3　贾里格（1912—1972），美国女诗人，著有《没有地图的国家》等作品。
4　海克特（1923—2004），美国诗人。
5　华伦（1905—1989），诗人、小说家、文艺批评家。

Warren）、萨比洛[1]（Karl Shapiro）和洛厄尔[2]（Robert Lowell）等一流诗人和小说家。目前正在班上的中国学生有叶维廉、白先勇、洪智惠。即将去读书的还有王文兴。

安格尔在美国文坛的活动范围很广。他主要是一个诗人，已经出版了七种诗集，除了《疲惫的大地》以外，还有《美国之歌》《玉蜀黍》《午夜以西》《美国孩子》《爱的世界》和《赞美的诗》。其中《美国孩子》是一本十四行集，专为他的小女儿而写。安格尔的太太是一个矮小温和的女人，他们有两个女孩，大女孩叫玛丽，二女孩叫莎拉。此外安格尔还出版了一本小说——《恒是陆地》。其他的活动，包括为歌剧《金黄的孩子》写词，为《纽约时报》和《芝加哥论坛报》写书评，在各大学演说，并且主编了一九五四年到一九五九年的《欧·亨利奖短篇小说》等。

安格尔的兴趣相当广泛，其中包括室内乐、戏剧、歌剧、英美法德的现代诗。他对运动也很爱好：游泳、手球和骑马都吸引他。他父亲是一个驯马专家，曾经经营贩马生意。他

1　萨比洛（1913—2000），美国诗人。
2　洛厄尔（1917—1977），美国诗人，诗集《威尔利老爷的城堡》和《海豚》获得普利策文学奖。

对于马的喜爱甚至传给了他的女儿；我至今仍藏有莎拉在雪地上驰马的照片。

安格尔的好朋友包括麦克利什和已故的弗罗斯特。最推崇的诗人是艾略特、兰波、里尔克[1]；小说家是福楼拜、乔伊斯、加缪[2]。在《内陆》的序文中，他说："我们相信的是独来独往的天才，而不是人云亦云的平庸。艺术可能成为我们这时代的个人的最后避难所。怒燃着奇才的个人可能比十万个没有个性的庸才更有价值。"今年，洛克菲勒基金会请安格尔教授远来亚洲考察一年，其任务便在发掘这种奇才，这种"默默无闻的弥尔顿"（mute inglorious Milton），使他们有机会去美国接受现代文学的教育。

在热烈欢迎为缪斯求才的安格尔教授之余，我的感慨是忧浓于喜的。喜，因为即将有许多东方的青年作家为他所发现，去太平洋彼岸接受现代的洗礼。忧，因为继科学天才之后，我们的文学天才似乎也要等待外国来发掘与培养了。安

1　里尔克（Rainer Maria Rilke，1875—1926），奥地利象征主义诗人，早期的创作具有鲜明的布拉格地方色彩和波希米亚民歌风味。

2　加缪（Albert Camus，1931—1960），法国作家、哲学家，存在主义文学的代表人物，代表作有《局外人》。

格尔的选择对象将局限于精通英文的作者。那么，其他的天才怎么办呢？我们自己的贺知章和李邕在哪里？未来的李白和杜甫啊，你们怎么办呢？

一九六三年四月十日

简介四位诗人

不久中国新诗的莎士比亚
即将轰轰然日出，
则他们至少是他的前驱。

一九五八年六月一日，蓝星诗社在台北市中山堂举行
《蓝星周刊》二百期庆祝会，同时并敦请梁实秋先生主持
一九五八年年度蓝星诗奖的颁奖仪式，将杨英风先生设计的
优美雕刻颁给得奖人（依笔划次序）吴望尧、黄用、痖弦、罗
门。此举的意义至为重大。我们为这四位杰出的诗人庆幸，
更为中国新诗的伟大前途感到欣慰。这四位诗人在作品的风
格上虽互异其趣，但在艺术的成就上却各有其不可忽视之处。
读了他们的作品，我们虽不敢说中国新诗的黄金时代已经降
临，但我们相信其令人兴奋的消息已经依稀可闻。如果我们
认为，不久中国新诗的莎士比亚即将轰轰然日出，则他们至
少是他的前驱，至少是锡德尼[1]（Philip Sidney）、李利[2]（John

1　锡德尼（1554—1586），英国诗人、文艺评论家，代表作有田园传奇《阿卡迪
　　亚》，以牧歌情调写爱情和冒险故事。

2　李利（约1554—1606），英国散文作家、剧作家，所作的散文传奇《尤弗伊
　　斯》以典雅绮丽的文体风格闻名。

Lyly）和格林[1]（Robert Greene）之流，甚至于，如果他们努力的话，可以成为斯宾塞[2]和马洛。台湾的诗坛上，一流的诗人约在十五人左右，这四位作者自然只是其中的一部分。然而减去这四位作者，诗坛的阵容无疑将大为逊色。何况四人加起来尚不满一百一十岁，未来的艺术修养、人生体验，与乎风格变化，尚待他们进一步的努力。也许大诗人的桂冠会落在其中一位的华发之上。"唯有恒者始得缪斯之青睐。"这句话在天才创造的艺术世界里不大可靠。然而吴望尧、黄用、痖弦、罗门四人，莫不有才；就已具才华的他们而言，这句话仍是可靠的。希望他们都能跑完这长长的马拉松。以下我拟分就四人的作品略抒一己"印象派的感想"，读者幸勿以严肃的批评视之：

一、吴望尧

吴望尧相当多产，其作品已经结集者凡三种：即早期的

1　格林（1558—1592），英国作家和剧作家。
2　斯宾塞（Edmund Spenser，约1552—1599），英国诗人。

《灵魂之歌》和近期的《玫瑰城》与《地平线》。然而多产并不减低他的创造力。在早期的《灵魂之歌》中，他颇拘泥形式，且耽于官能的感受，缺乏思想的深度。其后在"中副"经常发表长短句，英诗中所谓ballad体者，间有佳作，如《蓝色的沙漠》及《太阳船》皆是；然而这些只能算是，正如艾略特所谓的"宜于诗选的小品"（anthology pieces），还未能充分发挥作者的艺术。吴望尧的"蜕变"（sea-change）始于一九五六年，而成形于一九五七年。在这段时期，他真正找到自己的声音——一种对于现代世界的敏锐感受，同时却伴以原始人的野蛮精神，其结果是他的两大代表：《力的组曲》和《都市组曲》。《力的组曲》包括他的许多以"者"为题的富于阳刚之美的杰作，它创造了一个充满了光与热、色彩与力量的动的世界：

闪电的白臂猛击着八十八个琴键。

小提琴的柔音消逝了，代替它的是鼓、钹与号角。这些诗不再是片断的画面和曲调，它们提高自己到思想的高度，且蕴含著作者的人生观甚至宇宙观了。其中如《走索者》《伐木者》《骑驼者》《采矿者》等均为新诗中不可多得的佳作，其风格近于庞德的《六节诗》（*Sestina: Altaforte*）和杰弗斯的《雕刻家》（*To the Stone-Cutters*）。《都市组曲》包括《大厦》等十首虽属描写现代都市却仍不脱斯彭德所谓的"梦幻的气质"的一组诗。在这些诗里，都市的复杂和喧嚣，与想象的简化和超越，形成一强烈的对比。例如在《银行》一诗中，传统的诗人们所不屑也不敢描写的阿堵物——钱，竟被作者创造为一个奇美的意象：

> 庞大的保险库之地狱锁着的银行的灵魂
>
> 骄傲的千万个人所追求的，不屑于一顾穷人的
>
> 从冷冰冰而阴沉的，保险库的大地狱
>
> 在大理石的阴阳界上，从铁丝网的小门
>
> 投胎于朱门大腹贾的大口袋中

《希腊古瓶组曲》，我觉得，远不如《力的组曲》和《都市组曲》；因为希腊的精神，毕竟需要长期地浸淫于古典作品始能把握得住，并非仅凭想象即能攫取。

吴望尧的佳作每有奇气；在这方面，他是具有"鬼才"

的。培根说过："没有一个精致的美不含有奇异的成分。"以之量望尧之诗，是再恰当也没有了。《醒睡之间》一诗中有如此的句子：

> 四壁墙上有十六只眼睛在交换眼色

> 我是被压在这灰色光的金字塔下的
> 躺在一方冷寂的沙漠，千年的岁月奔泻直下

可是，如果我们说望尧的风格只有"野蛮"的一面，那也是不正确的。他也擅于表现柔美的境界；在这一方面，他的风格竟依稀承接了中国的传统，例如：

> 昨夜的青苔滑落了少年的梦

又如：

> 如一个流浪人彳亍于阳光外的古城
> 而浓雾四起，铜山崩裂了

又如：

> 而窗外的雨长着银色的胡子
> 有人打着伞，像葷的精灵
> 来叩问我饮醉了西风的小楼；
> 和我讲一个森林中小茅屋的故事。

二、黄用

比其他三位诗人都年轻的黄用，在风格上却最为矜持而老成。在许多方面，他和吴望尧都形成有趣的对照：吴望尧在本质上是粗犷而险怪的，黄用则细腻而收敛；吴望尧富动感，黄用饶静趣；吴望尧的诗行是文法家和修辞家的出丧行列，传统批评家的公墓；黄用的作品，尽管他以"反传统"为务，却恒予人以渊源有自，蕴借深远的感觉。黄用的创作历史，前后不过三年，但发展甚速。早期的作品深受何其芳[1]、陈敬容[2]等新诗人和英国浪漫主义的影响，但其感受已颇绵

---

[1]　何其芳（1912—1977），现代诗人、散文家、文学评论家，代表作《画梦录》。
[2]　陈敬容（1917—1989），女作家，代表作《窗》。

密细致，并不"热情奔放"；水平也较整齐。例如《世界》《静夜》《选择》等诗，已启日后"返观自省"的新古典风味；而《世界》之中的两行：

> 任我垂首睡去吧，像秋日的穗粒
>
> 熟睡在一个永恒的、金黄色的梦里。

那静穆，那圆熟，那季节的敏感，简直令人想起了济慈。是的，早期的黄用是一个小型的济慈。

一九五七年初春，蓝星的部分诗人，如夏菁、吴望尧、黄用和我自己，在风格上都起了重大的变化。黄用的变化比较和缓；内容上的远不如形式上的来得剧烈。在节奏的错落有致、舒展自如、飘逸而且流畅的一面，无可怀疑地，他甚受郑愁予[1]和林泠[2]的影响。有人甚至戏将他们三人和叶珊[3]、敻虹[4]、白浪萍[5]等纳入"婉约派"中。不错，黄用和他们的

1　郑愁予（1933—　），原名郑文韬，当代诗人，代表作《错误》。

2　林泠（1938—　），当代女诗人，代表作《送行》。

3　杨牧（1940—　），本名王靖献，笔名叶珊，当代诗人，代表作《水之湄》。

4　敻虹（1940—　），本名胡梅子，当代女诗人，出版诗集《红珊瑚》。

5　白浪萍（1938—　），本名蔡良人，著有诗集《白鸽书》等。

风格是有相同之处，但也自有其互异之点。例如郑愁予的作品往往有一个地域为其描写的背景，黄用的作品的"发生地点"则比较广泛；而当郑愁予的水手刀被叶珊、东阳甚至艾予用钝了的时候，黄用却向里尔克借来一面如德国的小湖那么透明而平静的镜子。

> 说那些袖珍的烦愁只不过是
> 　孩子气的笑
> 怯懦者又留一节不解的环

这一节仍不脱早期的轻愁和淡淡的自伤。等到他写出：

> 绿镜中是我大理石的影子。
> ——不，没有谁在岸上
> 我也不在岸上
> 我只是那雕像的影子

他才算攫住了所谓"水仙花主义"的新古典精神。在创作论上，黄用否定了"写景""言情"与"咏物"；他的一切作品几乎都自限于"返观内省"与"认识真我"的这一点上。此一优点固然可以保持他作品的纯度、深度和高度的集中，但在另一方面也着实限制了他创作的范围，使得他"戏路甚窄"。事实上，"走索者"不是吴望尧，而是黄用。黄用并不多产，他的创作比较自觉，水平始终保持一个高度，很少突升或骤降。吴望尧则往往盲目飞行，佳作与凡品之间的距离甚大。

　　　　——一滴水，凝在叶尖上等待着降落

　　摘自黄用近作《后记》中的这一行诗很能表现作者的精神；一滴浑圆而透澈的雨珠，究竟如何凝聚，如何等待，然后如何以美满之姿飘然降落，应该是作者创作的全部过程——也是瓦莱里[1]、纪德[2]、里尔克的创作的全部过程。

1　瓦莱里（Paul Valery，1871—1945），法国诗人，象征派大师。
2　纪德（Andre Gide，1869—1951），法国作家，早期作品有象征主义色彩。

三、痖弦

不同于黄用那种"返观内省"恒以第一人称为独白之主角的风格，痖弦的抒情诗几乎都是戏剧性的。艾略特曾谓现代最佳的抒情诗都是戏剧性的，而此种抒情诗之所以杰出也就是因为它是戏剧性的。事实上，艾略特在节奏上的最大贡献也在他的现代人口语腔调的追求。在中国，他的话应在痖弦的身上。痖弦在学校里是研究戏剧的，其后更有过一段舞台的经验；他将自己的戏剧天赋和修养都运用在诗中了。无论小丑、乞丐、水手、赌徒、妓女，甚至土地祠里的土地公公和海船上的老鼠，在痖弦的诗中，都得到很鲜活的戏剧性的表现。尤其难得的是：配合着这些小人物的各殊身份，痖弦更运用了经过锻炼的口语腔调。例如在《马戏的小丑》一诗中，那十分可怜的丑角以适合自己身份的讽嘲口吻说道：

　　仕女们笑着

　　笑我在长颈鹿与羚羊间

　　夹杂的那些什么

　　　　而她仍荡在千秋上

　　　　在患盲肠炎的绳索下

　　　　看我像一枚阴郁的钉子

　　　　仍会跟走索的人亲嘴

　　　　仍落下

　　　　仍拒绝我的一丁点儿春天

　　"一丁点儿春天"象征小丑卑怯而知趣的求爱，其节奏是现代人的语调，因而也是活的、有生命的、富于弹性的节奏。同样地，"亲嘴"也俗得有趣，如易以"接吻"，反而隔了一层了。

　　痖弦的另一特点便是善用重叠的句法。在这方面，我也受了他的影响。事实上，"重复"（repetition）是诗的一大技巧：叠句、半叠句固然是重复，脚韵、双声、半谐音、行内韵等等也无不是重复。叠句是一种很危险的形式；用得好，可以催眠，可以加强气氛，用得不好，反而成为思想贫乏、句法单调的掩饰性的"假发"。论者或以此为痖弦之病，不过，据我看来，他的运用大半是很成功的：

远行客下了马鞍

说是看见一棵枣树

结着又瘦又涩的枣子

从颓倒石像的破眼眶里长出来

结着又瘦又涩的枣子

痖弦的第三个特色是他的"异域精神"（exoticism）。异国情调如果只是空洞而无灵魂的描写，则必沦为肤浅的"异国风光"。此风在今日的诗坛上颇为流行，但大半皆系片断浮泛的写景，一如抄自地理教科书者。痖弦对于异国有一种真诚的神往，因而他的作品往往能攫住该地的精神。《印度》一诗是他在这方面空前的成就，其感人处已经不限于艺术上的满足了。

最后，我拟在此一提痖弦的又一特色——好用典故，且崇拜多神。此处所谓的"神"，是我对大诗人们的戏称。论者亦有以此为痖弦之疵者。此点拟待以后另撰专文详论之；在此我只拟举艾略特那首"无字无来历"的《荒原》为例，劝批评家们不必为此担忧。已故诗人杨唤的《日记》一诗，一口气用了五个典，并未压死作者的才华。

阮囊[1]说痖弦的诗很"甜",我同意。这个形容词得来不易,加里克[2](David Garrick)以之称莎士比亚者,亦只是一"甜"(sweet Shakespeare)字耳。

四、罗门

罗门没有一点和痖弦相同,除了深厚的同情——一种动人的人道主义。他对于美与丑、善与恶、真与伪、幸福与痛苦成为强烈对照的世界具有一种悲天悯人的敏感,然而他在本质上却是一个乐观主义者,不是一个悲观主义者。在他的诗集《曙光》的《前言》和《后语》中,他再三强调诗人不应满足于现象的捕捉,应该进一步去创造一个沟通人类心灵的完美世界。这一点是罗门创作的基本精神。在作品里,罗门要表现的永远是一个抽象观念,而不是现实世界的景象。他用丰富而活泼的譬喻将这些观念具体化,其结果不是十七世

---

1 阮囊,原名阮庆濂,诗人,于1957年获得台湾第一届青年诗人新诗创作奖,代表作《最后一班车》。
2 加里克(1717—1779),英国演员、导演,启蒙运动时期英国现实主义表演艺术的创始人。

纪"玄学派诗人"的怪异的意象，而是比较冷静的古典诗人的明喻和暗喻，例如《城里的人》的末段：

> 他们挤在城里，
>
> 如挤在一只开往珍珠港去的"唯利"号大船上，
>
> 欲望是未纳税的私货，良心是严正的关员。

我觉得罗门的长诗往往不及他的短诗，因为前者往往有浪漫主义情感奔泻的倾向，而后者则剪裁得体，有象征主义的朦胧与含蓄。《COBE！我心灵不灭的太阳》和《加力布露斯》之中，他用的是对语体，作者向第二人称的"你"倾诉心中浓厚的感情，因而失却必要的节制与静观。在短诗中，他用的是独白体，第一人称于无人处喃喃自语，于无意间为读者所窃闻，反而更亲切真诚。例如《小提琴的四根弦》一诗，以四个意象含蓄地暗示了人的一生：

> 童时，你的眼睛似蔚蓝的天庭，
>
> 长大后，你的眼睛如一座花园，
>
> 到了中年，你的眼睛似海洋多风浪，

晚年来时，你的眼睛成了忧愁的家，

沉寂如深夜落幕后的剧场。

有时罗门的表现略嫌直接和单调，太多的人工的譬喻成
并行线的排列，而不做更高一层的交织：

这不朽之船奉上帝的意志启航

十字架是它黄金的舵

赞美诗是它的摇船曲

《圣经》是它的航海图

这些譬喻"工"则工矣，只是太落痕迹。伟大的艺术
应该能掩藏自己的技巧。然而罗门在形式上相对的粗拙竟
不能遮没他内容的充实的光辉。论者曾谓狄更生[1]（Emily
Dickinson）具有大诗人的禀赋，但缺乏大诗人的修养，因此
她的作品千篇一律地出之以长短句的形式。可是狄更生的妙

1　狄更生（1830—1886），美国女诗人，所作诗歌多以歌颂自然、死亡为主题，
富于哲学思想。

趣一半也在她那不羁的意象和拘泥的诗体形成的对照；如果有人试以惠特曼的笔去写狄更生的心，那是不可想象的。罗门的诗表现得很直率；比起黄用的矜持而有把握来，他简直像一个天真的孩子。然而天真毕竟也是可爱的。他是新诗人里最欠缺旧学修养的作者之一，背上少了这沉重的"包袱"固然很不方便，但赶起路来也似乎比较轻快了。罗门的诗不是一件名贵的雕花瓷器，而是一株连根拔起的野花，既有花香，亦有泥味，当你嗅它时，你必须兼闻两者。

钱锺书曾谓有些"印象派"的批评家只能算作"摸象派"的批评家，讥其盲目胡猜也。此话也许要应在我的身上。好在我向来自认是一个欣赏者，并不以批评家自许。高高在上的法官大人，对于犯人的了解，也许还不及充满同情心的辩护律师。当我们恋爱时，我们只好接受对方的一切。断臂的米罗爱神[1]，毕竟比四肢俱全的橱窗中的人像可爱得多了。

一九五八年六月

---

[1]　断臂的米罗爱神，即为著名雕塑《米洛斯的维纳斯》。

凡 · 高
—— 现代艺术的殉道者

凡·高作画用的是心，
一颗赤裸裸、热腾腾，
而又元气淋漓的心！

后期印象画派的大师高更，在斯通[1]（Irving Stone）的《凡·高传》（*Lust for Life*）里，曾经调侃过塞尚[2]说："塞尚，你的画面总是冷冰冰的。几英里路长的画布上简直找不到一两感情。"接着他大发议论，说什么塞尚作画用眼，修拉[3]作画用脑，罗特列克[4]作画用脾脏，卢梭[5]作画用幻想，而凡·高（Vincent Van Gogh）作画用心。

高更说得一点也不错，凡·高作画用的是心，一颗赤裸裸、热腾腾，而又元气淋漓的心！

像这样的一颗心自然是向着太阳的。即以画家而论，德

1　斯通（1903—1989），美国作家，因发表描写荷兰画家凡·高生平的传记小说《渴望生活》（文中所提的《凡·高传》）而成名。

2　塞尚（Paul Cézanne，1839—1906），法国画家，后期印象派的主将。

3　修拉（Georges Seurat，1859—1891），法国画家，新印象画派（点彩派）创始人。

4　罗特列克（Henri de Toulouse-Lautrec，1864—1901），法国后期印象派画家，近代海报设计与石版画艺术先驱。

5　卢梭（Henri Rousseau，1844—1910），法国画家，被称为"原始派画家"。

拉克洛瓦[1]曾经南征非洲；塞尚自巴黎归隐艾克斯；高更更狂，率性远走南太平洋的塔希提岛，去度他原始的生活；至于凡·高，则一生创作的过程，由灰暗而趋鲜黄，由沉潜而趋奔放，恰恰也是由北而南——由北海岸边的荷兰和比利时到巴黎，再由巴黎向南方，直到地中海岸的阿尔。

凡·高虽是法国后期印象派的大师，他和同派其他的画家却大有区别。他来自荷兰，具有荷兰民族那种浓厚的乡土气息，同时更承继了本国伦勃朗[2]和哈尔斯[3]等画家的传统。在他的画里，只有严肃的沉痛，而无飘逸的轻愁；只有表现力和爱的气势，而无印象派那种光和色的抒情神韵。印象派诸子之中，唯有凡·高专画匹夫匹妇；矿工、织工、农人和村妇都是他人像画的对象。然而凡·高恒贫，又乏人缘，所以他往往只能作自画像或静物山水，而将见拒于社会的满腔热情完全贯注在景物之中，因此，他的景物亦即自己个性的表现。他的整个画面都在动，他的一花一草都蟠着生命的活力。

---

1 德拉克洛瓦（Eugène Delacroix, 1798—1863），法国画家，浪漫主义画派的典型代表，创作了《自由引导人民》等作品。

2 伦勃朗（Rembrandt Rijn, 1606—1669），荷兰画家。

3 哈尔斯（Frans Hals, 约1580—1666），荷兰肖像画家、风俗画家。

　　凡·高的创作生命比同派的诸子都短：从廿七岁起到卅七岁殁时止，不过十年。可是这十年之中，他将一切都献给了艺术。他时常忍饥耐寒，将仅有的生活费用拿去买画布和颜料；他常在隆冬的雪地里，在盛夏的骄阳下，在山顶的北风中挣扎作画；他嫌生命太短促，有时竟在月光下画阿尔的苍松！以这种超人的意志力，他终于完成了八百幅油画和九百幅素描，可是生前仅售去其中的一幅！

　　一八五三年，凡·高生于荷兰一牧师之家，叔伯五位均为荷兰名流，其中三位是大画商。凡·高童年极为快乐，他是长子，有三妹二弟，其中以弟弟西奥和他感情最好，终生不渝。十六岁起，他曾先后去海牙和伦敦的古伯画店做工。廿二岁那年，他爱上自己伦敦寓所房东的女儿爱修拉，向她求婚，但被她峻拒。这初次的失恋使凡·高一直潜伏着的个性开始显露，也是他日后寻求解脱于宗教的一大诱因。

　　当时他因忽职被调去巴黎古伯画店。他住在蒙马特一小屋中，白天去卢浮研究名画，夜间则回寓读书，所读以《圣经》为主，哲学和诗为副。不久他又遭店方解雇，后来曾在伦敦近郊做过教员，又在荷兰一书店中做过店员，最后乃决定从事传教。

　　起先他去阿姆斯特丹念神学院，但是不喜欢那些冷冰冰的古文和其他神学课程，又改进布鲁塞尔的福音学校。开始他因性格耿介，不善词令，又背叛传统的教条，未得教会的任命。但是他不顾一切，自往比利时的矿区，传教授课，不遗余力，终于感动了教会，给他一个临时的职位。自此他更加努力，忍饥寒、居陋室、散财物，摩顶放踵，无所不为。未几矿洞爆炸，凡·高悉心救护伤员，竟受到教会的申斥，说他降低身份，有失尊严，结果将他解职！从此凡·高对于宗教失去信心，经过一番内心的挣扎，终于改择艺术为终生的事业。

　　于是他开始以矿工和矿区景物做练习的对象。西奥从此按期寄钱给他，一直到他发狂自杀为止。他和西奥约定，所有作品悉归西奥，苟有售出，则两人平分。不料此约终成虚诺。严冬逼至，凡·高迁往布鲁塞尔小住，旋又返归艾田父亲的教区休养身体。不久他又爱上表姐凯伊，但凯伊新寡，深忆故夫，又因家庭关系，乃严拒凡·高。凡·高追到她家，她避不出见。凡·高以烛灸手，哀求伊父，但伊父目他为狂，终不允一见。

　　失恋之余，他又迁往海牙，就表哥画家莫夫[1]习画。未几，他收容了一个怀孕的妓女丽丝丁，照顾她生产，并和她同居。此事引起各方的物议，加以女家不断诱她回去重操旧业，凡·高只好忍痛和她断绝。

　　回到父亲的新居纽南，凡·高重新埋头习画，但不久又邂逅老处女玛歌。这一次他算是被动，玛歌徐娘初恋，势不可当。可是等到论及婚嫁，女家又以凡·高游荡无业而严词拒绝。玛歌自杀未死，凡·高重陷孤寂，但此时他的艺术已渐渐成熟，名画《吃马铃薯的人》即为本时期作品。

　　一八八六年春，凡·高迁往巴黎，和西奥同住。这是他艺术的一大转捩点。当时的巴黎正值印象派开始雄视艺坛的阶段。凡·高结识了塞尚、高更、罗特列克、修拉和卢梭等画家，印象派那种鲜明而大胆的创造使他着迷。他日与诸子游，五光十色，应接不暇，模仿诸子的作品，亦步亦趋，唯恐不及。然而天才是不能安于学习的。凡·高始而兴奋，继而困惑，再则盛怒，终于厌倦。他厌倦于紧张的都市生活和

1　莫夫（Anton Mauve，1838—1888），荷兰海牙画派的代表画家，跟凡·高有亲戚关系，但不是凡·高的表哥。

繁多的艺术运动。巴黎是属于罗特列克和德加[1]的，他必须另拓自己的领土；他决心远征南方，去追求更多、更多的阳光。罗特列克介绍他去马赛附近的罗马遗城阿尔。

凡·高创作的全盛期终于来到。阿尔的骄阳将他的满头红发晒得发焦。凡·高沉醉于这一片浓而醇的光和色。他画鲜黄的向日葵、灿烂的果园、蓝得怕人的天空、亮得像花的星子、扭得像火的松树、起伏如波涛的地面、转动如漩涡的太阳和云。他将整座房屋涂成黄色，欢迎高更前来同住。不久高更来了。他们一同作画，起初是兴奋而快乐，但渐渐因个性相反而引起讨论、批评和争吵。一夜，他潜尾高更上街，想暗杀高更未遂，回到寓所，狂性大发，竟自割右耳，拿去赠给当地的一位妓女。

高更一惊，逸回巴黎。凡·高则被送往附近圣雷米的疯人院；在此，他的狂疾时作时隐。疯人院原系十二世纪古寺的遗址，一片死寂，有如墓地，只有午夜邻床病人的惊呼划破四围的沉静。凡·高于枕畔忆往思来，每每万念俱灰。此时他仍努力作画，其艺术价值不稍逊于阿尔时期的作品。

1　德加（Edgar Degas，1834—1917），法国画家，印象派重要画家。

　　一八九〇年初夏，凡·高病情稍有起色，乃迁居巴黎北郊一小村奥维，受嘉舍医师的看护。此时他虽仍创作不辍，但狂疾则与日俱深，最后的一张油画《麦田过万鸦》已经透露出悲剧的消息。同年七月廿七日，他独步荒郊，忽然癫痫发作，举枪自戕。一时未死，竟挣扎回寓，静待死神。次晨西奥赶到，坐守凡·高榻畔，怅然共话童年。廿九日清晨，凡·高遂长眠不起。

　　　　　　　　　　　　一九五四年十二月二十二日

毕 加 索
——现代艺术的魔术师

毕加索之创造新的风格，
直如魔术师之探囊取兔。

God proposes, Pablo disposes.

上帝第六天造人，第七天休息，第八天造毕加索。要用几千字把这位现代艺术的魔术师交代明白，是一件不可能的事。毕加索之创造新的风格，直如魔术师之探囊取兔。毕加索是现代艺术的焦点，现代艺术的一个辐射中心。毕加索集现代艺术的各种流派于一身，如一条线之贯穿珍珠。没有毕加索，现代艺术将整个改观。

毕加索在现代艺术的地位是重要而特殊的。近百年来的西方艺术，凡是重要的潮流，恐怕除了野兽主义以外，没有一支不是肇始于他，或被他吸收而善加利用的。他的变化千汇万状、层出不穷。马蒂斯[1]功在承先，毕加索则既集大成，复开后世。他曾经咀嚼过塞尚的"圆柱、圆球与圆锥"，

---

1 马蒂斯（Henri Matisse，1869—1954），法国画家、雕塑家、版画家，野兽画派的创始人和主要代表人物。

而以之哺育莱热[1]、格里斯[2]、米罗,以迄纯粹主义、未来主义、玄学画派,及早期的抽象主义等画家。由他和布拉克创导的立体主义,几乎影响了其后一切的画派;没有立体主义及其支派,也绝不会产生作为抗议的达达主义和超现实主义。然而即使是超现实主义的画家,如夏加尔[3]、格勒兹[4]、恩斯特[5]、米罗等,在颇带几何风味的构图上,也逃不了立体主义的影响。

如果说,毕加索是现代艺术最重要的大师,应该不算武断。在精深方面,也许有别的艺术家可以与他分庭抗礼,甚且超越他。在博大方面,则除毕加索外不做第二人想。他也许不如克利那么深奥,不如德·克伊利科那么富于玄想,也不如康定斯基[6]和德劳内[7]那么能文善辩,或是凡·高、科柯

---

1 莱热(Fernand Léger,1881—1955),法国画家。

2 格里斯(Juan Gris,1887—1922),西班牙画家、雕塑家。

3 夏加尔(Marc Chagall,1887—1985),俄国画家。

4 格勒兹(Jean - Baptiste Greuze,1725—1805),法国画家。

5 恩斯特(Max Ernst,1891—1976),德裔画家、雕塑家。

6 康定斯基(Василий Кандинский,1866—1944),出生于俄国的画家和美术理论家,主要美术活动在德国和法国。

7 德劳内(Robert Delaunay,1885—1941),法国画家。

施卡[1]、德·库宁[2]那么白热化的紧张，可是在多才、多产、多变的方面，没有人能够和他匹敌。他的创作方式包括油画、石版画、铜版画、树胶水彩画、铅笔画、钢笔画、水墨画、炭笔画、剪贴、雕塑、陶器等等。即以雕塑一道而言，他的天才往往似乎急不择材：青铜、锻铁、合板、泥土、布料、木材，甚至残缺的五金用具，都可以用来表演他的点金术。篇幅的大小也无往而不利。他不像克利那样局限于十八英寸乘十二英寸的灵魂的即兴，也不像奥罗斯科[3]那样必须驰骋于巨幅的墙壁。他可以纳自然于十英寸之内，如他为女儿帕洛玛（Paloma）作的画像；也可以陈想象于教堂之中，如他为瓦洛里"和平之庙"所作的一八八英寸乘四〇八英寸的壁画《战争》与《和平》。他的多产也是惊人的，这位巨匠根本不知疲倦为何物。朋友们去瓦洛里或昂蒂布看他；草地上堆着他的雕刻品，画室中悬满他的新画，置满他新烧的陶器，而他还会一批又一批地搬出别的近作来，一直要到来

1　科柯施卡（Oskar Kokoschka，1886—1980），奥地利艺术家、诗人、剧作家、画家。

2　库宁（Willem de Kooning，1904—1997），荷兰籍美国画家，抽象表现主义的灵魂人物之一。

3　奥罗斯科（José Clemente Orozco，1883—1949），墨西哥画家。

宾看累了为止。我们都知道，某些创造大师，如克利、艾略特、里尔克、法雅[1]（Manuel de Falla）等，每有作品，都是深思熟虑，得之不易。毕加索则似乎可以任意挥霍其取之不尽、用之不竭的天才。某些大画家，如凡·高与克利，其作品总产量皆有统计。唯毕加索的产品，似乎迄今尚无人敢从事估计的工作，因为往往在给朋友的信上或信封上，他都要附带画几笔的。

　　至于风格之变易不居，毕加索简直是航行于没有航海图之海中的奥德修斯[2]（Odysseus），不，简直是不可指认的善变之海神普鲁吐斯（Proteus）。他消化过图卢兹·罗特列克和德加，他能就库尔贝[3]和德拉克洛瓦之原作变形，他能画得像新古典大师安格尔[4]那么工整凝练，也能像文艺复兴大师拉斐尔那么和谐端庄。从早期的自然主义到表现主义，从表现主义到古典主义，然后是浪漫主义、写实主义、抽象主义，复归于自然主义。然而毕加索并不是艺苑的流浪汉，随波逐

1　法雅（1876—1946），西班牙作曲家。

2　奥德修斯，希腊神话传说中的人物，是希腊西部伊塔卡岛之王，曾参加特洛伊战争。

3　库尔贝（Gustave Courbet，1819—1877），法国画家，写实主义美术的代表。

4　安格尔（Jean-Auguste-Dominique Ingres，1780—1867），法国画家。

流而无主见，只是他的天才要求表现上的绝对自由，且不为狭窄之派别所囿。现代画有许多大师，一生只在重复既有的少数风格，例如鲁奥[1]、莫迪利亚尼[2]、傅艾宁格尔、德·克伊利科等等皆是。他们只是突起的奇峰，而毕加索是连绵的山系。

可是在这一切缤纷的变化之中，毕加索保持他不变的气质。本质上说来，毕加索是一位巴洛克（Baroque）式的艺术家。久居法国亦成名于法国的毕加索，一直保持他原籍西班牙的那种传统气质：华丽，凝重，且带点悲剧性。所谓"巴洛克"，原系指十七、十八世纪西欧艺术那种神奇，怪诞，过分装饰的一种风格。西班牙画家，如戈雅[3]、鲁本斯[4]，甚至原籍希腊的埃尔·格列柯[5]，皆表现此种气质——这也就是何以西班牙产生了两位超现实主义的画家：米罗和达利。这些

---

1 鲁奥（Georges Rouault，1871—1958），法国画家。

2 莫迪利亚尼（Modigliani，1884—1920），意大利表现主义画家。

3 戈雅（Francisco José de Goya y Lucientes，1746—1828），西班牙浪漫主义画派画家。

4 鲁本斯（Peter Paul Rubens，1577—1640），佛兰德斯画家，巴洛克美术的代表人物。

5 格列柯（El Greco，约1541—1614），西班牙画家。

传统的西班牙大师，加上巴洛克风的建筑家高迪[1]（Gaudi），
形成了毕加索的民族遗产。此外他更吸收了希腊罗马的神话，
非洲土人的原始艺术，北欧的哥特（Gothic）精神，以及自文
艺复兴以迄库尔贝的自然主义之全部技巧。毕加索是一个充
满了矛盾的综合体。要了解他这些相异甚至于相反的风格，
且让我们像一般的艺术批评家那样，将他的创作分成几个显
著的时期来简述：

一、蓝色时期（Blue Period）

自一九〇一年迄一九〇四年，是毕加索的"蓝色时期"。
这时毕加索刚刚二十岁出头，初自西班牙去巴黎，尚未成名，
和蒙马特尔的波希米亚族出没于阁楼、咖啡馆，及夜生活的
世界。贫穷、寂寞和忧郁原是西班牙画家的传统主题；加上
初受德加和图卢兹·罗特列克的技巧的影响，毕加索，像埃
尔·格列柯那样，将贫病无依的流浪人体拉长、裸露，且置

1　高迪（Antoni Gaudi，1852—1926），西班牙建筑家，为新艺术运动的代表性
　　人物之一。

之于一个甚为阴郁而且神秘的蓝色世界里。那蓝，惨幽幽的，伤心兮兮的，具有单色构图特具的那种以情调胜的 tone poem 之感。无怪乎美国诗人史蒂文斯（Wallace Stevens）看了这时期的作品之一《弹吉他的失明老人》，不禁要写那首四百行的长诗了。论者或谓，这些作品颇有抄袭图卢兹·罗特列克之嫌。我不以为然。德加和罗特列克画中的舞女及可怜人物是绝缘的美感对象，不如毕加索笔下的人物那样富于表现主义的精神。也就是说，前者比较客观，后者比较主观。

二、玫瑰时期（Rose Period）

或称小丑时期（Harlequin Period），为期凡两年（一九〇五年至一九〇六年）。当毕加索的生活比较愉快时，他的调色板也明亮起来。他的画中人物从惨蓝色的单色（monochromatic）的世界里走出来，步入一个以玫瑰为基调而以其他色彩为辅调的空间。显然，色调（tone）转为轻柔，线条也比较流动，给人一种飘逸不定的感觉。可是这些作品予观众的印象仍非兴高采烈的快乐，而是一种以满不在乎的表情为面纱的淡淡的哀伤，与乎病态美。这时他的笔下出现的不复是蓝色时期那些街头琴师、营养不良的孩子，倦于工作的妇人、跛子、盲丐，或是饥寒交迫的家庭。代替他们的是马戏班的谐角与卖艺者。毕加索攫住了这一行全部的诗意，也攫住了那种倦于流浪、娱人而不能自娱的落寞心情。里尔克的《杜依诺哀歌》(*Duino Elegies*) 第五首，便是自这时期的杰作之一，从《卖艺者之家》(*Les Saltimbanques*) 得来的灵感。

三、原始时期 (Primitive Period)

此期凡历一九〇七年至一九〇八年两年，俗称"黑人时期"(Negro Period)，或"伊比利亚非洲黑人时期"(Iberian-African Negro Period)。所谓伊比利亚 (Iberia)，乃今日西班牙及葡萄牙二国所在地之半岛的古称。这时毕加索渐渐脱离了前两期那种诗意盎然的写实主义，而注意到卢浮宫展览的古伊比利亚雕刻，并以其风格为美国旅法女作家斯泰因 (Gertrude Stein) 画了一个像。一九〇七年春天，为了向马蒂斯的巨构《生之欢乐》(*La Joie de Vivre*) 挑战，毕加索开始构想一幅具有划时代意义的力作，那便是后来成为立体主义序幕的《阿尔及尔妇女》(*Les Demoiselles d'Avignon*)。此画进行到一半时,马蒂斯(一说为德兰[1])把非洲黑人的雕刻和科特迪瓦的扁平面具介绍给毕加索。这说明了何以在《阿尔及尔妇女》一画中,左边三个人像是伊比利亚式的,而右边两个人像是非洲式的。"原始时期"是毕加索艺术中最重要的时期,因为它是毕加索艺术的转捩点。我们知道,风格缤纷撩乱的毕加索,往往一面开拓新的疆土,一面回到旧的领域去探索新的可能性。他往往左手画着希腊古雕刻一般的线条,右手作奇异的变形人物。可是在"原始时期"之后,他不再重复"蓝色时期"与"玫瑰时期"的风格。《阿尔及尔妇女》正是这最重要的时期的一座里程碑,因为画中那近乎几何形的构图法,和扬弃了古典的透视及明暗烘托(chiaroscuro)的平面色彩,导致了日后的立体主义,而右边两个人像的脸形,更遥启晚期出现在他作品中的超现实风的变相。世纪末的病态的欧洲文明,面临"穷"的死巷,它需要变。弗洛伊德的学说创导于先,艺术家们的反和谐运动响应于后。在音乐界,毕加索的好友斯特拉文斯基,亦受了此种原始精神的感召,

---

1　德兰(André Derain,1880—1954),法国画家、雕塑家,与马蒂斯共同开创"野兽派"。

于是写成他那继承里姆斯基－柯萨科夫[1]之传统的《火鸟》之后，即着手写那以异教的野蛮祭典为主题的《春祭》。塞尚的启示、卢梭（Henri Rousseau）的原始风味、野蛮民族的艺术，甚至四度空间的理论，加上好做逻辑思考的布拉克（Georges Braque）的互相激励，乃促成了始于一九〇九年的立体主义。

四、立体主义时期（Cubist Period）

所谓立体主义，从艺术发展史的观点看，是对于稍前的野兽主义那种耽于官能感觉的放纵的色彩与线条所做的反动。从哲学的观点看，它是对于自然充满了信心的"形象上的再安排"（formal re-arrangement）。所以立体主义是知性的，也是乐观的；它的缺点也在此，因为它欠缺灵的成分。塞尚在其创作及理论中，只拟简化自然为"圆柱、圆球及圆锥"，并未涉及"立方体"，然而几何构图的观念一经开始，布拉克和毕加索自然而然地推进到"立方体"的结论。所谓立体主义，并无意用古典的透视法将自然表现得富于立体感，而是要将

1　柯萨科夫（Rimsky-Korsakov，1844—1908），俄国作曲家、音乐教育家。

自然简化并分割成一个一个独立的小立方体。因此在早期的立体主义，亦即所谓"分析的立体主义"（Analytic Cubism）之中，物体（包括人物、静物等）往往像以儿童玩的积木筑成。值得注意的是：这些画给观众的真正印象是非"立体"的，因为一切物象的碎片均给铺陈在画布的"平面"上，其背景并无纵深感。理论上，画家要使观众对分成小立方块的物体做"面面观"，时而瞥见一物之左侧，时而瞥见其右侧。

渐渐地，这种"分析的立体主义"手法被发挥到了山穷水尽的地步，于是画中的立方体变成扁平的方形而交互重叠，继而三角形、椭圆形、长方形、菱形等其他几何形出现于画面，终于物体的原形，或部分或全部重现于画面，而穿插闪躲于几何构图之间。色彩也由沉闷的单色变成复色。到了这时，"综合立体画派"（Synthetic Cubism）便开始了，而格里斯和莱热也参加进来。自一九〇九年以迄一九一四年的五六年间，是毕加索（也是其他画家，如布拉克）的"立体主义时期"；而一九〇九年迄一九一三年为"分析的立体主义"，一九一三年迄一九一四年为"综合的立体主义"。这种以简化而武断的纯粹几何形体来重新安排自然的技巧，不久便影响了整个欧洲艺坛：未来主义、纯粹主义、构成主义、光谱主义，甚至蒙德里安[1]和康定斯基的抽象主义相继出现，并且深受立体主义的启示。可是立体主义是唯智的、机械的，单调、客观、静止，缺乏人性而且脱离现实。为了反抗立体主义，遂有克利及夏加尔，以及超现实主义的兴起。

五、铅笔画像时期（Pencil Portraits Period）

这个时期自一九一五年开始，大约迄一九二〇年为止。这时的毕加索，摇身一变，忽然自立体主义的"贴纸"（papiers colles）跃向几乎是安格尔的新古典主义。一九一五年，他为伏拉尔[2]画了一张非常逼真的铅笔画像，有透视，也有明暗烘托。其后多年，铅笔画（有时亦用钢笔、铜版等，要之皆以线条为主）一直是他表现优厚的传统修养的方式。他的线条，有时遒劲明快，寥寥几笔，天衣无缝，有时曲折柔和，细腻婉转，有时亦分明暗，巧为烘托。一般说来，他的线条不如克利的生动而且微妙，可是克利原是画家中最善把握线

---

1 蒙德里安（Piet Mondrian，1872—1944），荷兰画家，风格派运动幕后艺术家和非具象绘画的创始者之一。

2 昂布瓦兹·伏拉尔，世界著名收藏家。

条的大技巧家。在他的"芭蕾时期"，他更为斯特拉文斯基、法雅、狄亚吉烈夫[1]、萨蒂[2]等作了多幅精巧的速写。所谓"芭蕾时期"，是指一九一七年，他为马辛[3]的《游行》及法雅的《三角帽》两芭蕾组曲设计服装及布景等的一段时间。这些芭蕾演出非常成功，也使毕加索声誉日上，闻于全欧。

六、古典时期（Classic Period）

大约自一九一八年迄一九二五年，为他探索古典传统，推陈出新的阶段。在心情上，他大大地成名了，且与芭蕾舞女奥尔加·科赫罗娃结婚。在艺术上，他与高克多畅游那不勒斯及庞贝城，古罗马的壁画与古希腊的雕刻对他启示极深。这双重因素影响了他的古典时期。他的画面开始变得凝重、安详、富足、和谐；他的构图富于体积感，而色彩也厚实瑰丽，予人温暖之感，尤喜变化棕色及黄色。他的女体，在"蓝色时期"是那么嶙峋，在"玫瑰时期"是那么纤弱，此

1　狄亚吉烈夫，二十世纪初俄罗斯芭蕾舞团的经理。
2　萨蒂（Erik Satie，1866—1925），法国作曲家。
3　马辛（Léonide Massine，1895—1979），俄国编舞家。

时却厚实了起来，胖甸甸的，到了不能转肘曲膝的程度，给人以"象皮病"（elephantiasis）的印象。极为夸张的《赛跑》，富于传统含蓄的《白衣女》，重大如雕刻的《母与子》，做棕色变调的《静物与残头》等，都是此期的代表作。而出入于此时之末期，在一九二三年左右，毕加索复表现出浪漫的倾向，画了许多民间题材及斗牛等的作品，令人想起戈雅。

七、变形时期（Metamorphosis Period）

亦称"怪诞复象时期"（Grotesque and Double Image Period），始于一九二五年，其后断断续续，直到第二次大战（一九三九年至一九四五年）方告结束。超现实主义兴起于一九二四年，一时马松[1]、达利、唐基[2]、恩斯特等活跃于艺坛，引起了毕加索竞争的兴趣。可是毕加索就是毕加索，他是不能归类的。他认为超现实主义的画家们所乞援的技巧是文学家的（literary），非画家的（painterly），也就是说，像达

1　马松（Andre Masson，1896—1987），法国超现实主义画家之一。
2　唐基（Yves Tanguy，1900—1955），法国超现实主义画派画家。

利这种画家的作品之中，文学的主题太显著，非艺术的技巧所能负担。毕加索的近于超现实主义的作品，恒能将超现实的因素融化于独创的构图形式之中。当超现实派的画家们宣称毕加索是属于他们时，毕加索却静静地进行他的变形程序。

在"古典时期"的末期，毕加索并未完全放弃他的立体主义。他从"综合的立体主义"那种若隐若现的人体（例如一九二一年那富于谐趣的《三乐师》）发展到变态的人体。从古典的健硕妇人到以骨架筑成的富于雕塑感的海滨浴女，再从这些浴女变成四肢易位、五官互调而且扭曲成趣的人体，原是一种有趣的过程。值得注意的是：这种变形的过程，始于直线切割的建筑，而终于曲线回旋的交迭，更进一步，便进入他那有名的"复象"（或"两面人"）阶段了。

我们知道，一切"平面艺术"（graphic art）皆是二度空间的（two dimensional）。古典作品要在这平面上借透视和明暗烘托以造成三度空间之立体感。毕加索则要在二度空间之中表现四度空间，他要以"复象"来把握第四度的时间。意大利的未来派画家，也曾拟用千轮的火车和百足的狗，来表现速度。毕加索的"复象"往往合正面观与侧面观于一瞥，使你有绕行而观之感。以他那幅有名的《镜前少女》（Girl before *a Mirror*，一九三二年）为例，右边的镜中映出左边少女之像，而左边的少女呢，合而观之为伊正面，仅取左半则为侧面，一瞬而及伊两面，正是少女临镜转侧，顾影自怜之态。再看她的身体，则其衣半掩，其乳若裸，其肋骨历历可数。这种现象，根据毕加索的自述，原是一个少女"同时着衣、裸体，且受X光透视"之三态。很多观众不能欣赏，甚或忍受这种"丑怪"的变形。其实这只是习惯的问题。艺术要讲效果，便需要强调，使重要的部分突出且省略不必要的部分。明乎此，当可了解米开朗琪罗的回旋人体和埃尔·格列柯的延长四肢，也可了解许多现代作品。

八、表现主义时期（Expressionistic Period）

到一九三五年为止，这种变形的作品多半是形象上的玩索，不太着重性灵的表现，也就是说，技巧虽是主观的，题材却是客观的。到了第二次大战前数年，由于希特勒之迫害自由与祖国之水深火热，毕加索的人道精神在他的作品中昂首反抗了。牛，面目狰狞，头角峥嵘，且具人体的雄性怪兽，开始出现在他的画中，它代表法西斯和纳粹，也广泛地象征一切暴力与集权，正如马是象征弱小的民族。这些观念来自西班牙的民俗与克里特岛的神话。毕加索称牛为"弥诺陶洛斯"（Minotaur，半人半牛之妖兽，后为忒修斯[1]所除），而题其画为《盲目的弥诺陶洛斯》《弥诺陶洛斯曳垂死之马》《斗牛》等。在一九三五年的《斗牛》（Minotauromachy）一图中，斗牛士反为牛所乘，所持之剑为牛所倒握，指向马首，耶稣则攀梯而逃，而和平之少女则伏在楼窗上作壁上观。

可是这一时期的代表作仍数一九三七年的巨幅油画《格尔尼卡》（Guernica）。格尔尼卡原为西班牙巴斯克（Basque）省之一小镇。一九三七年，纳粹党人为了试验新制的炸弹在爆炸与燃烧两方面的威力，竟选了四月廿六日——格尔尼卡镇的赶集之日，向不设防的无辜市民，猝施轰袭。这幕悲剧延续了三小时半，一共屠杀了两千人民，旋即轰动欧洲各国。这时国际商展即将在巴黎举行，西班牙政府敦请毕加索为展览会场的西班牙馆作一幅巨构。愤怒而爱国的画家立即决定用这幕悲剧作为他的主题，整个五月间，他以全部精力从事这伟大的创作。在他终于完成那幅一四〇英寸乘三一二英寸

1　忒修斯（Theseus），传说中的雅典国王。

的巨画之前，他曾用铅笔、钢笔、粉笔做过无数草稿，并试过多幅单色油画及水墨画。可见《格尔尼卡》虽是杰作，却非天才横溢的即席挥毫，而是悬梁刺股的辛苦奋斗。构图屡经修改：例如原是踣地待毙的马，在定稿中却引颈昂首，做临终之悲嘶；原是居中伏地而一手指天的战士，后来却移向左端，仰天而呼。既完成的《格尔尼卡》有两人高、四人长，纯以黑白对照而叠以浅青及淡灰；人与兽，母与子，脸与四肢，都在一阵猝临的混乱和尖锐的痛苦中扭曲着，分割着，嗥号着。格尔尼卡的个别苦难成为全人类的大悲剧，毕加索在一个瞬间的戏剧性高潮之中，攫住了恐怖和绝望的全部意义。吸住观众的，不是戈雅或德拉克洛瓦笔下历史上某一战役的场面，而是本质上的战争感觉，以及独创的充溢着表现力的几何构图。

第二次大战期间，毕加索留居巴黎。他的名字，在希特勒指为"低级艺术家"的名单中是第一位。德国占领军总部不准公开展览他的作品，可是由于他的名气太大，德军始终不敢去干扰他。某些高级德军将领甚至偷着去画室拜访他，而他呢，每人都赠以一张《格尔尼卡》的明信片。据说某次希特勒驻巴黎的心腹阿贝茨（Otto Abetz）去看他，说愿意为他解决食品和燃料的问题，为毕加索所拒。临行，阿贝茨看到一张《格尔尼卡》的照片，说道："啊，这是你做的吗，毕加索先生？""不，这是你们做的。"毕加索答道。

九、田园时期（Pastoral Period）

一九四八年，大战业已结束，毕加索迁居法国南部地中海岸的瓦洛里（Vallauris）及昂蒂布（Antibes）。这时他享受着平静美满的家庭生活，一方面年届古稀，一方面受到晴爽的迷人的地中海的感召，他的艺术进入了一个安详、和谐且带点诗意与幽默的新古典时期。像晚年的莎士比亚一样，他的胸襟变得宁静、广阔，具有温和的喜悦和淡淡的好奇。希腊神话的题材——半人半马兽、半人半羊神、女神等等，构成了抒情的田园趣味。同时一些小动物，如猫头鹰、蟾蜍、白鸽、山羊等，也成为他表现幽默感的对象。对于毕加索，猫头鹰是古老的象征。一九五二年，他曾以猫头鹰的形象，创作了一幅巴尔扎克的石版画像。此外，他更不断以自己的妻子和儿女为模特儿，画了不少复象，可是变形的程度已较以前的"怪诞时期"缓和。总之，这是他的田园时期，早期的妖怪即使出现在他的画面，也只像是经过催眠作用，莫可施其邪恶，而听命于普洛斯佩罗[1]（Prospero）的魔杖了。一种自给自足，一种可以卧憩的秋季情怀，笼罩着一切。曾经是强烈地戏剧的（dramatic），松弛为飘逸地抒情的（lyrical）了。瓦洛里原是戛纳（Cannes）附近一个制陶的小镇。毕加索来后，一面向匠人学习，一面加以艺术的改进，竟使该镇成为一个异常兴盛的陶器中心。

以上便是这位现代艺术大师一生创造的大致过程。这种分期谅必不为毕加索所承认。事实上这样分法简直是抽刀断水，武断而笼统，但是却便于一般观众的了解与指认。毕加索的创作论是多元的。他的风格层出不穷，且穿插而交迭，并不统一、连贯。毕加索不像康定斯基或克利那么爱发议论，可是从他极少数的自白观之，他是主张兼容并包，熔古今于一炉的。他说："就我而言，艺术之中无所谓过去或是未来。如果一件艺术品不能经常生存于现在，则它完全不值得考虑。希腊人、埃及人，以及前代的大画家们的艺术，并不是过去的艺术；也许它在今日远比往昔更有生命。"而毕加索自己呢，

1　普洛斯佩罗，莎士比亚戏剧《暴风雨》的主人公，能用魔杖施展魔法，召唤风雨。

更是一个"神窃"（master thief）。任何时代，任何派别的名画，经他那出神入化的点金术一施，均能脱胎易骨，变成他自己的产品。他曾经就浪漫派大师德拉克洛瓦的《阿尔及尔妇女》创作了十四幅不同风格的戏拟。即使如此繁加分期，往往在一期之内，他仍进行数种风格，尤其是他"综合的立体主义"时期的风格，几乎一直延续到最近的创作。

一八八一年十月廿五日，毕加索诞生于西班牙南部地中海岸的小镇马拉加（Malaga）。他的母亲叫玛丽亚·毕加索（Maria Picasso），父亲叫贺绥·路易斯·布拉斯科（José Ruiz Blasco），是一位艺术教员；毕加索的西班牙名则为Pablo Ruiz Picasso，以父名为中名，而从母姓。他现在已经有八十岁了。对许多批评家而言，他仍是最现代的现代画家。现代画已经进入抽象主义的阶段，然而具象的或半具象的作品并不因此丧失其价值。阿尔普[1]和克利，两位抽象画家，曾自称一切抽象均取法乎自然。不错，毕加索似乎始终未曾参加或吸收抽象的表现主义，然而没有立体主义为前导，抽象主

1　阿尔普（Jean Arp，1887—1966），德国、法国双国籍，雕刻家、画家、诗人和抽象艺术家。

义是不可能产生的，而毕加索也曾创作过纯抽象的构图，例如远在一九二六年，他为巴尔扎克的《无名的杰作》（*Le Chef d'oeuvre inconnu*）所作的插图，便是形而上的有趣表现。什么派别能够逃过毕加索的领域呢？上承希腊罗马的人文主义、地中海沿岸的各种文化，甚至野蛮民族的原始艺术，下启立体主义以降的一切支流，毕加索表现其巴洛克的气质于立体手法的变化之中。现代艺术之中，找不出任何人可以和他相比，也许我们要回到米开朗琪罗和达·芬奇的时代，才能发现同类的巨人。

一九六一年十月二十日

现代绘画的欣赏[1]

摄影师的任务是记录自然，

而艺术家的任务是探索性灵，

他必须超越自然，

才能把握性灵，表现个性。

1　自注：此文原为《现代知识》周刊而写。限于版权问题，不再刊出当时见报的四幅插图。按图一为莫迪利亚尼的《扎辫子的女孩》，图二为波提切利的《爱神之诞生》，图三为莫奈的《搁浅的船》，图四为克利的《火场》。

一、何谓现代绘画？

什么是现代绘画？它有多久的历史？它究竟有没有"规矩"？它的"好处"到底在哪里？这恐怕是每一位初看现代画的人都有的问题。比较不耐烦的观众，走马观花之余，也许会说："又是这些印象派的作品！"然后嬉笑怒骂一番，表现自己的幽默感一番，然后扬长而去。

要了解（或者，更正确地说，欣赏）现代画，必须先把握此地所用的形容词"现代"的意义。"现代"（modern）和"当代"（contemporary）不能混为一谈。"现代"形容精神，"当代"则仅指时间。几千年前的象形文字，出现在克利或赵无极[1]的画面中，是"现代"的。而今天上午在中山堂展出的

1　赵无极（1921—2013），华裔法国画家，是西方现代抒情抽象派的代表，代表作《红》。

画，是"当代"的，可能也是"现代"的，更可能竟是"古代"的（或者，更正确地说，"假古代"的）。现代与否，是一观点的问题，并无时间的限制。就不同的程度而言，布朗库西[1]（Brancusi）是现代的，毕加索是现代的，莫奈[2]是现代的，甚至康斯太布尔[3]（Constable）、埃尔·格列柯（El Greco）、格吕内瓦尔德[4]（Grunewald），也是现代的。

原则上，凡是企图解脱古典绘画的束缚，以追求新观念新价值，并以新形式表现之的作品，皆属现代画的范围。这当然是一个笼统的划分。什么是古典绘画的束缚呢？那便是理性，表现之于画面，便是对自然的模仿（representation of nature），换句话说，便是貌似。古典画家自理性的角度去观察（或者根本不观察）自然，结果把握的是他们"知道"的世界，不是他们"经验"（如果他们也曾经验的话）过的世界，

1　布朗库西（Constantin Brancusi，1876—1957），罗马尼亚雕刻家，代表作《睡着的缪斯》。

2　莫奈（Claude Monet，1840—1926），法国画家，印象派创始人之一，代表作有《日出·印象》。

3　康斯太布尔（John Constable，1776—1837），英国风景画家。

4　格吕内瓦尔德（Matthias Grunewald，约1470或1480—1528），又译吕内瓦，德国画家。

结果他们浮泛地描下对象的外形，而不能把握对象内在的生命。表现在技巧上的，乃有透视、确切的轮廓、明暗的烘托、解剖学的运用、结构的对称等等。表现在取材上的，乃有神话、历史、宗教、贵族人像等等"严肃而优雅"的主题。

现代画之异于古典画，即在于现代画从理性的观点、常识的范围解脱出来，打破自然形象的桎梏，或做形式上新秩序的组合，或做内在性灵生活的探索。一般观众判断艺术品的标准，首先在于貌似。他们要求逼真，要求惟妙惟肖。赞美一幅画，他们说："像是真的一样！"而欣赏一片风景，他们又说："真像一幅图画！"这种审美的要求原可由摄影师来满足，不必劳驾艺术家。摄影师的任务是记录自然，而艺术家的任务是探索性灵，他必须超越自然，才能把握性灵，表现个性。

古典画既以追随自然为能事，遂令人有千篇一律之感。从文艺复兴到十九世纪的学院派画家，如安格尔及大卫[1]，莫不临摹自然，画家与画家间的差别实在是有限的。本质上，

---

1 大卫（Jacques-Louis David，1748—1825），法国画家，古典主义画派的奠基人。

印象派的画家仍是临摹自然的，而且（由于在户外写生）比古典画家更接近自然。及塞尚出现，将自然看成"圆柱体、球体和圆锥体"，自然乃开始在画中呈现新的秩序，而画家也开始主观地再安排自然。反自然的运动自塞尚与高更始，历象征主义、野兽主义、立体主义，而至抽象主义，自然的外貌不复保留，而画家们也从改变自然趋于把握独立形象。一幅抽象画表现的只是画家个人的性灵状态，而不是一片风景或一个少女了。

在另一方面，由于解脱了理性的束缚，画家们乃走出常识所承认的现实，而发现无穷无尽的大千世界。以前是阳光之下无新事（事实上古典画的世界并无阳光），至此而阳光之下莫非新事，何况更发现了月光及星光下的世界、梦的世界、潜意识的海底世界。先是马奈[1]、莫奈、德加、罗特列克、雷诺阿[2]从神话走向现代，从上流社会走向中下流社会，从伟大的主题走向并不表现什么主题的生活横断面。本质上说来，

1　马奈（Edouard Manet，1832—1883），法国画家，印象派绘画的先驱。
2　皮耶尔·奥古斯特·雷诺阿（Pierre-Auguste Renoir），法国印象画派的著名画家、雕刻家，代表作《包厢》。

印象派诸画家的世界仍是一个常识的世界。到了凡·高、蒙克[1]（Munch）、恩索尔[2]（Ensor）、卢梭（Henri Rousseau），一个反理性的世界始展露在画家的笔下。自凡·高、卢梭始，历表现主义、达达主义、超现实主义，而迄于抽象主义，常识世界被画家们放逐了，取而代之的是一个多姿多彩、自由活泼、超越了三度空间的梦幻世界。在这世界里，钟表的统治被否定，丈夫可以飞起来俯吻太太，巨型的蛋矗立于建筑物中，不可思议的物体在沙漠中做些不可思议的动作，甚至画面并无物体，只有不同的几何形在表演形而上的戏剧。不具物体，而形态无穷；不可思议，而特别让人遐想，至是绘画成为灵魂的手势，不复是现实生活的表现了。

一般艺术史家咸以十九世纪中叶崛起于法国的印象主义为现代画的开端。自一八六三年第一次印象派的画展迄今，现代画已有一百年的历史。严格说来，现代绘画应该始于所谓"后期印象派"的塞尚、凡·高与高更；塞尚的兴趣偏于形

1　蒙克（Edvard Munch，1863—1944），挪威表现主义画家和版画复制匠，代表作《呐喊》。

2　恩索尔（Ensor，James Sydney，1860—1949），比利时画家、版画家。

式，凡·高的影响偏于内容，高更似乎兼有两者。是以前承三人而后启抽象主义的现代画重要派别，似乎可以归入两类，其偏于形式安排者为野兽主义、立体主义，其偏于内容之把握者为表现主义、超现实主义。现代画之发展大致如此。

此地我要请读者们特别注意的是：任何艺术派别或主义，大抵只是后之学者根据原则上相同的趋势，做便于指认并讨论的区分而已。同一派别的作者，大同之中仍有小异（甚至不小之异），此其一。同时艺术，与文学、音乐一样，是一个生生不息、变异不居的有机体。区分时代，标识派别，不过是权宜之计。抽刀断水水更流，艺术的演变如江河，不是一节节车厢接成的火车。指定一八六三年以前的作品是古典画，而其后的作品是现代画，是不真实的，此其二。所谓"反叛传统"只是创作家借以自励（同时也是必要）的态度，并不存在于艺术史家心目之中。千万不要以为现代画便完全否定了古典画的价值，而且，像维纳斯诞生于海浪一样，转瞬便已成形。

例如鲁奥（Rouault），虽然也参加马蒂斯等野兽派的展出，且被后之史家纳入该派，他自己却宣称："我觉得自己并不属于这时代……我真正的生命属于大教堂的时代。"不错，鲁奥的技巧颇受马蒂斯的影响，题材甚类罗特列克，然而他是有道德观念的，而他那交织如网的粗线条以及鲁拙如碑的面积感却来自中世纪教堂的彩色玻璃。又如莫迪利亚尼（Modigliani），他虽然和于特里约[1]等同称巴黎派的画家，在风格上他仍然遥遥继承本国（他是意大利人）十六世纪时形式主义的绘画。他的许多女像（见图一）都令我们想起波提切利[2]（Botticelli）优雅的线条和秀逸的风范（见图二）。基里科[3]（Giorgio de Chirico）为现代画中玄学派的领袖，然而他的画面却恢复了古典画最传统的技巧——透视。艺术源流之不可断者如此。反传统者，只是一种剪断脐带的潇洒手势，脐带此端的婴孩根本是彼端的母体孕育出来的。可是话得说回来，向传统吸取灵感并不等于模仿。例如鲁奥虽学习中世纪的工艺，却用以批评他那时代的法官，同情他那时代的妓女。莫迪利亚尼学习波提切利，他的人像的五官比例是夸张的，他的女体是延长的，他的色彩（尤其是背景）是野兽派风的。基

1　于特里约（Maurice Utrillo，1883—1955），法国画家。
2　波提切利（Sandro Botticelli，1445—1510），佛罗伦萨的著名画家。
3　基里科（Giorgio de Chirico，1888—1978），意大利形而上学画派创始人之一。

里科的透视师承传统，可是古典画中哪里有这么几何化的建筑趣味？哪里有这种强烈得令人不安的阴影？由此可见模仿是一回事，吸收又是一回事。现代画一面反传统，一面不断地吸收传统而超越之。被崇奉为上帝第八日之创作的毕加索，他之所以伟大，并不在于把传统一齐消灭，而在于他综合了一切传统而启发了一切新的运动。

观众常要怀疑，现代画画得这么"光怪陆离"，到底有没有什么"规则"呢？所谓规则，原是从已有作品中归纳而成。有了米开朗琪罗，有了他那扭曲的圣母躯体，始有文艺复兴那种S状的人体典型。同样地，有了莱热（Fernand Leger），始有机械零件式的人体。那么我们为什么要在立体派的作品中找透视，在夏加尔（Chagall）的作品中寻万有引力，或是向杨英风[1]、庄喆[2]、刘国松[3]、韩湘宁[4]、吴昊[5]等的抽象画中索取具体的物象？当旧的"规则"破坏后，必有新的规则

1　杨英风（1926—），雕塑家，代表作有《景观自在——雕塑大师杨英风》。
2　庄喆（1934—），画家，代表作有《墨与纸的质变》。
3　刘国松（1932—），画家，著有《中西艺术的会合》。
4　韩湘宁（1939—），照相写实主义油画家。
5　吴昊（1957—），画家，师从台湾抽象画大师陈正雄。

产生。问题在于，新的规则是否诚实而且成熟？伊卡洛斯[1]（Icarus）要舍弃人类步行之规则，创造以翼飞行之规则，可是他那蜡贴的翅膀尚未成熟，经不起阳光的熔化，终于坠海而死。莱特兄弟的努力成熟了，所以他们的规则站住了脚。

十八世纪末年，英国著名人像画家雷诺兹爵士（Sir Joshua Reynolds）在伦敦学院宣称蓝色绝不可能用来做一幅画的基调。另一人像画家庚斯博罗（Thomas Gainsborough）提出抗议。两人的争论轰动了伦敦。结果庚斯博罗完成了他那幅以蓝色为基调、绿色为辅调的《蓝童》，乃使艺术界相信这样的做法是可以成功的。雷诺兹爵士当初认为不可能，那是因为向古典画中那种暗红、浅金，以及不同层次的棕色去找规则。对于现代的观众，这种偏见岂不可笑？看惯了凡·高的蓝色自画像、毕加索"蓝色时期"的作品，以及马尔克[2]（Franz Marc）的蓝马群，还会有谁面对《蓝童》大惊小怪？我们认为已经陈旧的作品，在十八世纪竟被认为不可能存在。

---

1 伊卡洛斯，是希腊神话中的人物，用蜡和羽毛造的翼逃离克里特岛时，因飞得太高，双翼上的蜡遭太阳熔化跌落水中丧生，被埋葬在一个海岛上。

2 马尔克（1880—1916），德国表现派画家。

安知后之视今，不如今之视昔？

　　另一个例子比前面的蓝色之争更严重，也更尖锐化。地点仍在伦敦，不过时间已在百年以后。这一次的问题也出在一位名人身上。罗斯金（Ruskin），十九世纪中叶英国最有势力的艺术批评家，当时英国人艺术品味的代表人物，却不能欣赏同时代的一位优秀画家——惠斯勒（Whistler）。罗斯金欣赏的是罗赛蒂等"拉斐尔前派画家"和后来影响法国印象派的透纳[1]（Turner）。他竟然完全不能接受与印象派作风相近，好用音乐标题，颇受日本画影响的惠斯勒，尤其是那幅《黑和金的小夜曲》[2]。罗斯金的攻击形诸文字，他骂惠斯勒有意欺骗，他说："关于伦敦低级社会的无耻作风，前此我所见所闻也已不少，可是从未料想到，一个花花公子向观众的脸上倾泼整罐的颜料，竟敢索取两百基尼[3]！"惠斯勒乃向法院控告罗斯金公开毁谤，结果惠斯勒胜诉，可是根据判决，他仅得一枚铜币的赔偿，而诉讼费使他破产了。现在看来，

1　透纳（Joseph Turner，1775—1851），英国学院派画家的代表。

2　惠斯勒作品的全称是《泰晤士河上散落的烟火：黑和金的小夜曲》。

3　基尼是英国旧货币的名称，在1633年至1816年是英国的流通货币。

惠斯勒并不伟大，也不很具革命性。他与印象派的大师德加为友，可是印象派的两大发现——瞬间印象之把握与纯粹色彩之并列以代替古典画之诸色调和——之中，惠斯勒仅得其前者。他的作品仍太单薄，他的风景太纤细朦胧，他的人物太平面化。我们嫌太保守的作品，十九世纪的艺术批评权威却认为太新太古怪。同样是一件艺术品，第一代的观众认为丑恶、荒谬甚至伤风败俗，到了第二代自然会欣然接受，到了第三代被悬之艺术之宫，奉为经典，而第四代恐怕就要唾之为古董了。一部艺术史就是这种好恶之交替。

二、观众应有的认识

以上所说将等于废话，如果亲爱的观众不去看现代画的展览，或者欣赏现代画的复制品。与其诉苦说现代画难懂，不如多花点时间去尝试接受。艺术的传达是双方面的。艺术品的优秀和观众的准备，皆是必需的条件。准备不够成熟而断言作品不好，一半损失仍在观众。以我个人经验为例，我在译《凡·高传》前的四五年才开始接触到凡·高的作品。开始我简直觉得他的画粗俗甚至丑恶，看他的画，我的胃会微感不适。从厌恶到忍受，从忍受到接受，而热爱，而介绍，其过程是缓慢然而是深刻的。然则观众应有些什么基本认识呢？我愿做下列的几点建议。

（一）用你的直觉去体验，不要用你的理性去了解；有了体验，自然会有了解。艺术的欣赏等于生命的再经验。画家将他对生命的感受用色彩、线条、光影等保存在画布上，让观众透过这些媒介不断地再经验到他原来的那种感受。事实上，恐怕没有一个观赏者能铢两悉称地再经验画家原有的经验。媒介的成功与否，以及观赏者感受的能力，都是决定性的因素。画家的工作与观赏者的工作恰恰相反。画家将某种性灵的经验变为物质的符号，而观赏者将物质的符号还原为性灵的经验。用浅显而方便的名词说，便是画家的活动由内容向形式，而观赏者的活动由形式向内容，后者的活动正是直觉的活动。用直觉，你才会欣赏马蒂斯的三手指与夏加尔的七手指，才会欣赏毕加索的两面人与克利的鬼面信封，才会欣赏康定斯基的戏剧性的几何构图与米罗的形而上的线条游戏。直觉的世界开始于常识世界的边境。画家的背景、技巧的说明、题材（如果有题材）的批注、创作的动机等等，只能"帮助"或"促进"你去欣赏，并非必要的条件。完全知道糖的化学成分及制造经过，而不能吃出糖是甜的，等于不知糖之为物。欣赏艺术亦可作如是观。作品不是让你去分析的，而是让你去享受的。因此，你不可完全信赖批评家、教授或任何作者。

（二）然而永远用直觉做被动的接受，仍是不够的。等到你久久喜欢一张画后，你也许就会不安于相看两妩媚的忘我境界，而要主动地去发掘一些象征的意味，整理一些形式的秩序，研究一些创作的原则。对于每一件作品、每一位画家，你应该能攫住其基本的技巧及精神。你应该能发现凡·高以短而持续的波状曲线创造出一个骚动的世界，修拉以千万点纯粹的颜料点出一个安静的世界（因此他的马戏团就不成功）。你应该能把握塞尚厚实的体积感、康定斯基飘逸的音乐感；你必须看出毕加索怪诞后面的幽默感，或是格罗兹[1]（Grosz）混乱之中的道德感。然后你就能看出：整部现代艺术史，就技巧言，便是对于纯粹形式的追求过程；就精神言，只是为了超越现实，肯定个性。一句话，由外而内，由形而下向形而上。

1　格罗兹（George Grosz，1893—1959），德国画家。

　　最后，我必须就观众最常犯的错误做一次正名的工作。篇幅所限，我不能在此详释现代的各种主义或派别。可是有两个名词的含义是必须澄清的，那就是印象派及抽象派。上至艺术大师，下至中学生，都爱把他们认为"看不懂"的画叫作印象派或抽象派，加上一个象征派，这三头"象"实在够我们一摸的。

　　印象主义（Impressionism）是十九世纪末年发起于巴黎的一个艺术运动。受英国的透纳与康斯太布尔等画家的启示，复受谢夫洛尔及路德的光学原理与德拉克洛瓦的日记所影响，这一派画家主张：1.一幅画应该把握瞬间视觉感受物体的印象，而不是理性告诉我们的该物体在任何时间都应有的形状。是以印象派画中的物体都存在于一定时间及空间之中，而不是理性之中的观念。2.他们发现，即使在物体的阴影中，仍有变化万状层次不同的色彩，并非一片灰黑或暗棕色。而这种色彩的层次，与其用各种颜料调和起来表现，不如用不同的（往往是相对的）色彩相邻并立来表现，而让观众的视觉去调和，去接受综合的效果。是以印象派的画面，五光十色，令人感到这毕竟是一个有太阳的世界。

　　抽象艺术（abstract art）应有二解。广义地说来，从立体主义、米罗、克利，以迄今日的纯抽象画，凡或多或少扬弃自然外貌的作品，皆得谓之抽象画。塞尚将自然分割为几何形，可说是抽象的开端，甚至马奈也自称"将自然抽象化"。狭义地说来，纯粹的抽象画乃指完全放逐自然外貌而以色彩、线条等最基本的媒介来表达画家内在性灵的作品。这一派的画家要使绘画追随不落言诠，排除意义的音乐和建筑。康定斯基自一九一〇年起，主张绘画要纯粹而富动感如音乐。蒙德里安自一九一七年起，主张绘画要纯粹而饶静趣如建筑，是为抽象画二大观念之先驱。由此看来，无论就广义或狭义而言，抽象派都是反对印象派的。凡属印象画，皆或多或少地貌似自然，绝不至于不可辨认物体。读者请比较印象派（图三）和抽象派（图四）的作品，当可明白。

一九六一年三月，美术节前夕

朴素的五月
——『现代绘画赴美展览预展』观后

那天夜里，
我走出历史博物馆，
满月当空，
圆得令人想恋爱，
亮得没有一颗雀斑。

　　中国古艺术品在美展览已近尾声。新大陆的观众在欣赏三千年来古中国艺术上的成就时，也许会有一个疑问："不晓得这些伟大的传统有没有子孙来继承？不晓得这个民族现代艺术的情形如何？"

　　真的，我们该怎么回答这个问题呢？自有所谓西画以来，中国的青年画家们一直亦步亦趋于西欧画坛之后，喝塞纳河的河水，呼吸巴黎的车尘，其中有些画家，迄今还掉在塞尚的颜料罐里，爬不出来。另一半的画家呢，那些国画家绝大多数只是在直接模拟古典艺术，迄今仍有人形而下地徘徊在蜀山道上或潇湘馆里。事实上，两者都难与语继承中国伟大的传统。"徒读父书"与"不读父书"都不是佳子弟应有的表现。可喜的是，青年画家们在异国流浪得太久，现在已经开始有点怀乡了。他们住厌了香榭丽舍和蒙马特，也住厌了普罗旺斯和包豪斯。他们开始尝试以受过现代艺术洗礼的新的敏感和技巧来探索生活于二十世纪的中国的灵魂。在他们的笔下，西方和东方渐趋接近。当然现在去融贯无间的境界尚有一段距离，可是方向既已确定，成功的希望已经增加。抽象是最时髦的，也是最古典的；如何使时髦的脱却稚气，且使古典的免于腐气，如何使两者化而为一，就是我们这些有才也有志的少壮派画家的任务了。这次"现代绘画赴美展览"的举办，便是要让刚看过中国古艺术品的人们看看现在仍呼吸中国的空气践踏中国的泥土的一代究竟在想些什么。

这次展出的作品，绝大多数属于"五月画会"，计有廖继春、杨英风、胡奇中、冯钟睿、刘国松、庄喆、王无邪、吴璞辉、谢理法、韩湘宁、彭万墀等十一人的近作约四十幅。我于五月二十日夜间去历史博物馆看了两小时。大致上说来，"五月画会"的水平比去年提高了，作风也颇有变化。那天夜里，我走出历史博物馆，满月当空，圆得令人想恋爱，亮得没有一颗雀斑。我的印象是"这是一个朴素的五月"。

我说"朴素"，是因为，除了少数例外（例如廖继春先生），这次展出的作品都是纯抽象的，而且是单色的（monochromatic）， 而且是以灰黑为主调的单色。 在近代画的色彩发展史上，从康斯太布尔、德拉克洛瓦、巴比松派[1]一直到印象派，可以说都是朝对照鲜丽的复色（polychromatic）的方向走的。凡·高、修拉在这方面已经走到极端，到了野兽主义，简直把颜料匣打翻了。这其间，恐怕只有塞尚比较倾向朴素的单色。及立体派出现，野兽派的复色始为单色所代替，然而立体派繁复交迭的几何形又妨碍了单色的统一。其后乃出现德洛内[2]（Delaunay）的奥费主义[3]和意大利的未来主义，以如虹的光谱来补立体派单调的缺憾。甚至在抽象的早期，康定斯基、克利、米罗、马林[4]等，仍是目迷五色，缤缤纷纷的。一直到深受东方影响的哈同[5]、克莱茵[6]，及（某一面的）巴洛克等出现，朴素的单色乃成为抽象的最纯粹的表现。这次五月画展之颇饶东方趣味，与普遍

---

1 巴比松派（Barbizon school），巴比松画派的简称，是1830年到1840年在法国兴起的乡村风景画派。

2 德洛内（Robert Delaunay，1885—1941），法国画家。

3 奥费主义（Orphism），又译俄耳甫斯立体主义，立体主义众多分支之一，画风上脱离说明式的形象，进入纯粹的立体主义的方向，而企图凭想象与本能去创作。

4 马林（John Marin，1870—1953），美国现代艺术画家。

5 哈同（Hans Hartung，1904—1989），德国、法国双国籍，画家，欧洲抽象表现主义代表人物。

6 克莱因（Yves Klein，1928—1962），法国艺术家，波普艺术最重要的代表人物之一。

的使用（尤其是黑色的）单色有关。

不过，回到东方固然很好，忘掉这是现代却不行。东方是静的，可是出现在现代画中的东方应该是凝练、坚定、充实的静，不是松散、游移、空洞的静。这种静，应该是力的平衡，而不是力的松懈，应该是富于动的潜力的静，而不是动的终止。东方应是积极的，不是消极的。抽象的东方是高度的东方，也是最难把握的。以下试分别叙述我个人对画家们的看法。

一、廖继春

以一个前辈画家而从事现代的探索的廖先生，是值得少壮派敬礼、保守派反省的。展出诸作，均属半抽象风格，色彩对照强烈，画面洋溢活力，近于未来主义中的塞维里尼[1]（Gino Severini）。一幅静物，是较朴素的波纳尔[2]（Pierre Bonnard）。大致的印象是，明艳有余，沉着不够，

1　塞维里尼（1883—1966），意大利画家。
2　波纳尔（1867—1947），法国纳比派代表画家。

止于视觉，未入灵界。廖先生受巴黎派的影响深了一点。听说他尚有纯抽象作品，惜乎未加展出。

二、杨英风

展出六幅抽象画。其中《有凤来仪》和《逆流而上》两幅，以交叉的粗线条表现，颇大胆，但前者还不够富丽堂皇，后者也不够有力，两者都是粉底太浓，有碍朴素，水墨太淡也太浮，日味太重。其他四幅的风格比较一致，大抵倾向于工整而细密的表现。杨先生是台湾的大雕塑家，在平面艺术上，亦以版画特别见长。他的副产品总不如正产品。杨先生以为然否？

三、胡奇中

风格素来统一的胡先生，这次在构图上已呈变化，但仍保持昔日之妩媚。除《六二〇七》号外，其他各幅在前后景的区分上较以往活泼不拘，橙黄取代了妩紫。黑线条加粗了，但其效果仍是妩媚的。《六二〇四》与《六二〇六》有点重复。希望胡先生继续变下去。

四、冯钟睿

他的构图和去年五月画展时仍大同小异，可是表现已趋成熟。在这种类型中，他已经把去年要说的话说出来了。去年我在画评中说冯先生"颇具东方式的含蓄，而无东方式的凝练"，可是今年我觉得他已经克服了后者，厚重了起来。尤其是《壬寅〇六》那一幅，淡蓝的背景上压着大块的苍青色，且以黑线强调轮廓，坚实而有气魄，望之凝重如山岳。《壬寅〇七》以灰绿为背景，而镇之以大块的钝棕黑色，亦甚厚重。《壬寅〇八》以暗腥红为基调，但稍嫌浮动。其他两幅，均分左右两块低沉的色调，较富静感。大致上说来，冯先生的前景有一种庞大感，压得退守一隅的背景透不过气来。

五、刘国松

这位画家的画又有了新的面貌。从初期的龙飞凤舞，到晚近的淋漓直下，再到今日的风格，刘先生一直在求变，一直在求以西画技巧表现国画精神。现在他连技巧也中国化起来了。异于去年"五月画展"时以石膏打底所获的浮雕感，今年的作品大半先以水墨作为前景，再以类似版画的手法蒙上浅青色的背景。有些更朦胧的效果则来自画纸背面的烘托。这五幅作品都企图不落形迹地表现抽象的古典精神，好让欣赏者一看就认出它们是国画山水的律动和气韵，而不能指认何为亭台、何为云树。最能取悦观众的恐怕是《故乡，我听到你的声音》那一幅，有人说它像某幅中国古典画，我恍然觉得它（尤其是上半部）有点像埃尔·格列柯的《多勒多风景》（*View of Toledo*）。最成功的一幅还是《鸣虫的季节》，色暗而沉，灰得有重量，够美。有两幅的粉青色背景太嫩了一点。甚至《故乡，我听到你的声音》中的水墨笔法，我也觉得柔弱了一点，节奏不够爽朗，力量未能贯注，细线条似乎多余。这个方向是有趣的，只等画家把我们带得更远一点。刘先生是五月的大将，也是和我私交最密的一位，我必不可把他轻轻放过。

六、庄喆

看到他的近作，我坐了下来。我对他说："去年看你的画，我觉得该站着看。"去年五月画展中，庄先生的画皆以直线矗立做纵的发展，它表现的是力，是欲突破束缚的爆炸。今年他变了。新婚后的他，生活在女性的长期陪伴中，乃展现了他妩媚的一面。曾经是戏剧的，现在变成抒情的；曾经是纵立的，现在变成横卧的；曾经是直线的，现在变成曲线的了。和刘国松先生一样，他也开始"以不画为画"，留出供幻想飞驰的大片空白来。这种效果，在《茫》一图中特别显著，那豪爽的白底，有一种逼人注目的鲜丽，抒情极了。这种妩媚比胡奇中先生所表现的要潇洒一点。我觉得这次展出的六幅中，以《茫》《云影》《荒》《故园情》四幅较佳。黑线的轮廓、灰和黄的浸染和慷慨的白，给人的感觉是朴素中带爽朗的美，《茫》的右上角，有一块斑驳侵蚀地带，非但不苍老，反而很新鲜。《角逐中之黄昏与夜》，线条芜杂，色调零乱，虽说主题就是如此，终觉是失败之作。我颇觉自己目前在现代诗中的风格，近于庄先生。现代文学和艺术，据说都是要表现苦闷、矛盾、挣扎，甚至虚无。我不认为这有必然性，我想庄先生也有同感。看了这次五月画展明朗的东方风格，某些尚未能跳出超现实迷魂阵的现代诗人，似乎可以静静地反省一下了。

七、王无邪

王先生一向在香港，现在纽约做研究。他是诗人叶维廉的好朋友，最近更和庄喆先生通信。两位画家对现代画的方向有过不同的看法，他们的信均发于上一期的《文星》（见五五号该刊所载《由两封信说起》一文）。王先生强调东方的传统，反对表现主义（如鲁奥）那种"痉挛式紧张"和冲动的表现，向往东方物我相忘的"自然流露"。庄先生则认为安详与激动是古典与现代之分，非东方西方之异，他认为工具（如毛笔）只能影响技巧，不能决定实质，又强调自我在艺术上的重要性。简言之，王主流露，庄主表现。事实上，去年的庄先生确是"表现的"。无论如何，今年庄先生已由表现趋向流露，由挣扎趋向平衡了。可是他仍不像王先生那么神秘、含蓄、收敛，甚至低沉。庄的东方感是抒情的，王的东方感却是思考的。王先生以毛笔表现水墨趣味，朴素到俭省的单色背景上，做淡淡的线条的变化。两幅山水于东方趣味外，尚有唐基（Yves Tanguy）的感觉。我认为，这些画固已炉火将青，自给自足，可是太潜默，太低沉了一点。成熟固为一切艺术家所追求，但是少年老成，终不相宜。

八、吴璞辉与谢理法

请原谅我将他们合为一谈。以前我不太熟悉他们的发展，目前展出的又仅寥寥数幅（吴二谢一），没有参照，无法比较。大致上说来，谢厚重而吴轻盈。我不太明白谢先生的《寻》要表现些什么，而用色也似太沉闷。吴先生的《夏日的骤雨》近于王无邪先生，他的《薄暮》一图甚饶国画趣味，但我简直不能决定究竟喜不喜欢这种画法。

九、韩湘宁

他的表现有点令我失望。这次展出的三幅中，仅《不空》一幅较有新意，其他两幅仍是旧风格，也许《膜拜》上重下轻的构图是以前罕见的吧。大致上这三幅仍以灰金黄色如碑的巨块为前景，而衬之以低调的乳白。《不空》以这种低沉的灰白围绕暗金黄的球形，而球形之中，复以右侧迤逦而下的六星、左侧的白条和居中的黄纹变化之。值得注意的，上端覆以破渔网一条，纹路很沉着耐看。《不空》稳定博大，有宗教的境界。我们得原谅这位极有潜力的画家一年来的歉收：他接受军训，远驻澎湖，创作不便。

十、彭万墀

这位少壮画家的出现，正如去年韩湘宁先生的崛起一样，是现代画有力的支持。现仍在师大艺术系读书的彭万墀同学，在某些方面有点受韩湘宁的影响，然而富于潜力，即这次展出的五幅已经表现出兼具秀逸和凝重的风格。《弥缝》和《超渡》两幅展示出对技巧的大胆追求，结果甚为有趣。《弥缝》技巧最复杂，可以说集油画、集锦、空间于一画，公式化之，即：

oil + collage + hole

or, Miro + Picasso + Arp

《超渡》右方的三个洞，空得极有诗意，加上暗红与灰黑色的背景，甚具烛残泪凝的荒凉感。左方的五枝金头黑杖排列得很富神秘意味。全画特具哀伤而清远的神韵。《弥缝》技巧虽妙，但嫌太工，反不如《超渡》的集中。其他三幅，《屠》《锢》《关》均浓厚庞大，用色沉雄，有重量，有魄力。《锢》以深黑、瓦灰和土棕三色交迭成趣，中贴暗红色的汉画翻版，效果甚佳。

此外，同时展出的一些具象画，亦甚坚强，可以用作"只会乱画"的反证。综观全体作品，我的印象是，颇有进展，虽然有的快些，有的慢些。最值得其他现代主义者注意的是：大多数的画家已有了东方的自觉，开始追求一些正面的价值和自然的表现，而逐渐免于西方现代主义那种"痉挛式"的紧张和混乱。杨英风先生神往"我国华美渊博的文化"，冯钟睿先生要"把自我表露得更为明晰"，刘国松先生尊重"东方丰富的传统"，韩湘宁先生以为"艺术必须求得理性与感情之调和"，凡此皆说明现代画家们已经比现代诗人们走前了一步，要尊重传统，扬弃对于西方的盲目学习了。中西文化的论战正在高潮，其范围固然广阔，冲突固然剧烈，可是还不如现代诗和现代画面临的矛盾那么具体而实际。艺术家恒走在文化界的最前端，早在数年前，他们的触角已经接触到中西冲突的问题了，只是他们不落言诠地默默地在寻求解决之道。他们的革命是在六百字的稿纸和画布上进行的。只是当杨传广[1]一跃成名时，任何人都知道那一定是几尺几

1　杨传广（1933—2007），台湾高山族阿美族人，十项全能运动员，绰号"亚洲铁人"。

英寸高的成就，而当一个庄喆或一个杨英风一箭射中了美的红心时，那些只看见林黛[1]的口红而看不见这红心的患色盲的小市民茫然罢了。

最后，我不可忘记一提，即这次展出的作品并非代表全台湾，用"现代绘画赴美展览"的名义，不如直截了当用"五月画会赴美展览"的名义好。

一九六二年五月廿一日午夜

1　林黛（1934—1964），本名程月如，香港著名电影女演员，代表作有《王昭君》《不了情》。

石 城 之 行

自然，

在艺术家的画布上，

一切皆被简化、美化，

且重加安排，

经过想象的沉淀作用了。

　　一九五七年的雪佛兰轿车，以每小时七十英里的高速在爱奥华的大平原上疾驶。北纬四十二度的深秋，正午的太阳以四十余度的斜角在南方的蓝空滚着铜环，而金黄色的光波溢进玻璃窗来，抚我新剃过的脸。我深深地饮着飘着草香的空气，让北美成熟的秋注满我多东方回忆的肺叶。是的，这是深秋，亦即北佬们所谓的"小阳春"（Indian Summer），下半年中最值得留恋的好天气。不久寒流将从北极掠过加拿大的平原南侵，那便是戴皮帽、穿皮衣、着长统靴子在雪中挣扎的日子了。而此刻，太阳正凝望平原上做着金色梦的玉蜀黍们；奇迹似的，成群的燕子在晴空中呢喃地飞逐，老鹰自地平线升起，在远空打着圈子，觊觎人家白色栅栏里的鸡雏，或者——安格尔教授告诉我——草丛里的野鼠。正是万圣节之次日，家家廊上都装饰着画成人面的空南瓜皮。排着禾墩的空田尽处，伸展着一片片缓缓起伏的黄艳艳的阳光，我真想请安格尔教授把车停在路边，让我去那上面狂奔，乱嚷，打几个滚，最后便仰卧在上面晒太阳，睡一个童话式的午觉。真的，十年了，我一直想在草原的大摇篮上睡觉。我一直羡慕修拉的名画，《大碗岛上的星期日下午》中懒洋洋地斜靠在草地上幻想的法国绅士，羡慕以抒情诗的节奏跳跳蹦蹦于其上的那个红衣小女孩。我更羡慕鲍罗丁[1]在音乐中展露的那种广阔、那种柔和而而奢侈的安全感。然而东方人毕竟是东方人，我自然没有把这思想告诉安格尔教授。

东方人确实是东方人，嗯，就以坐在我左边的安格尔先生来说，他今年已经五十开外，出版过一本小说和六本诗集，做过哈佛大学的教授，且是两个女儿的爸爸了；而他，戴着灰格白底的鸭舌小帽，穿一件套头的毛线衣、磨得发白的蓝色工作裤和（在台湾只有中学生才穿的）球鞋。比起他来，我是"绅士"得多了；眼镜、领带、皮大衣，笔挺的西装裤加上光亮的黑皮鞋，使我觉得自己不像是他的学生。从反光镜中，我不时瞥见后座的安格尔太太、莎拉和小花狗克丽丝。看上去，安格尔太太也有五十多岁了。莎拉是安格尔的小女儿、十五岁左右，面貌酷似爸爸——淡金色的发自在地垂落在颈

1　鲍罗丁（Alexander Borodin，1833—1887），俄国作曲家、化学家。

后，细直的鼻子微微翘起，止于鼻尖，形成她顽皮的焦点，而脸上，美国小女孩常有的雀斑是免不了的了。后排一律是女性，小花狗克丽丝也不例外。她大概很少看见东方人，几度跳到前座来和我挤在一起，斜昂着头打量我，且以冰冷的鼻尖触我的颈背。

昨夜安格尔教授打电话给我，约我今天中午去"郊外"一游。当时我也不知道他所谓的"郊外"是指何处，自然答应了下来。而现在，我们在平而直的公路上疾驶了一个多小时，他们还没有停车的意思。自然，老师邀你出游，那是不好拒绝的。我在"受宠"之余，心里仍不免怀着鬼胎，正觉"惊"多于"宠"。他们所谓请客，往往只是吃不饱的"点心"。正如我上次在他们家中经历过的一样——两片面包、一块牛油、一盘蕃茄汤、几块饼干；那晚回到宿舍"四方城"中，已是十一点半，要去吃自助餐已经太迟，结果只饮了一杯冰牛奶，饿了一夜。

"保罗，"安格尔太太终于开口了，"我们去阿纳莫萨（Anamosa）吃午饭吧。我好久没去看玛丽了。"

"哦，我们还是直接去石城好些。"

"石城（Stone City）"？这地名好熟！我一定在哪儿听过，

或是看过这名字。只是现在它已漏出我的记忆之网。

"哦，保罗，又不远，顺便弯一弯不行吗？"安格尔太太坚持着。

"O please, Daddy!"莎拉在思念她的好朋友琳达。

安格尔教授"OK"了一声，把车转向右方的碎石子路。他的爱女儿是有名的。他曾经为两个女儿写了一百首十四行诗，出版了一个单行本《美国的孩子》(*American Child*)。莎拉爱马；他以一百五十元买了一匹小白马。莎拉要骑马参加爱奥华大学"校友回校大游行"，父亲巴巴地去二十英里外的俄林(Olin)借来一辆拖车，把小白马载在拖车上，运去游行的广场；因为公路上是不准骑马的。可是父母老后，与儿女是一定分居的。老人院的门前，经常可以看见坐在靠椅上无聊地晒太阳的老人。这景象在中国是不可思议的。我曾看见一位七十五岁(一说已八十)步态蹒跚的老工匠独住在一座颇大的空屋中，因而才了解弗罗斯特(Robert Frost)《老人的冬夜》一诗的凄凉意境。

不过那次游行是很有趣味的。平时人口仅及二万八千的爱奥华城，当晚竟挤满了五万以上的观众——有的自锡达拉皮兹(Cedar Rapids)赶来，有的甚至来自三百英里外的芝加哥。数英里长的游行行列，包括竞选广告车、赛美花车、老人队、双人脚踏车队、单轮脚踏车、密西西比河上的古画舫、开辟西部时用的老火车以及四马拉的旧马车，最精彩的是老爷车队；爱奥华州全部一九二〇年以前的小汽车都出动了。一时街上火车尖叫、汽船鸣笛、古车蹒跚而行，给人一种时间的错觉。百人左右的大乐队间隔数十丈便出现一组，领先的女孩子，在四十几度的寒夜穿着短裤，精神抖擞地舞着指挥杖，踏着步子。最动人的一队是"苏格兰高地乐队"（The Scottish Highlanders），不但阵容庞大，色彩华丽，音乐也最悠扬。一时你只见花裙和流苏飘动、鼓号和风笛齐鸣，那嘹亮的笛声在空中回荡而又回荡，使你怅然想起史各特的传奇和彭斯的民歌。

汽车在一个小镇的巷口停了下来，我从古代的光荣梦中醒来。向一只小花狗吠声的方向望去，一座小平房中走出来一对老年的夫妻，欢迎客人。等到大家在客厅坐定后，安格尔教授遂将我介绍给鲍尔先生及其太太。鲍尔先生头发已经花白，望上去有五十七八的年纪，以皱纹装饰成的微笑中有一影古远的忧郁，有别于一般面有得色、颐有余肉的典型美国人。他听安格尔教授说我来自台湾，眼中的浅蓝色立刻增加了光辉。他说二十年前曾去过中国，在广州住过三年多；接着他讲了几句迄今犹能追忆的广东话，他的目光停在虚空里，显然是陷入往事中了。在地球的反面，在异国的深秋的下午，一位碧瞳的老人竟向我娓娓而谈中国，流浪者的乡愁是很重很重了。我回想在香港的一段日子，那时母亲尚健在……

莎拉早已去后面找小朋友琳达去了，安格尔教授夫妇也随女主人去地下室取酒。主客的寒暄告一段落，一切落入冷场。我的眼睛被吸引到墙上的一幅翻印油画：小河、小桥、近村、远径、圆圆的树，一切皆呈半寐状态，梦想在一片童话式的处女绿中。稍加思索，我认出那是美国已故名画家伍德（Grant Wood，1892—1942）的名作《石城》（Stone City）。在国内，我和咪也有这么一小张翻版；两人都说这画太美了，而且静得出奇，当是出于幻想。联想到刚才车上安格尔教授所说的"石城"，我不禁因吃惊而心跳了。这时安格尔教授已回到客厅里，发现我投向壁上的困惑的眼色，朝那幅画瞥了一眼，说："这风景正是我们的目的地。我们在石城有一座小小的夏季别墅，好久没有人看守，今天特别去看一看。"

我惊喜未定，鲍尔先生向我解释，伍德原是安格尔教授的好友，生在本州的锡达拉皮兹，曾在爱奥华大学的艺术系授课，这幅《石城》便是伍德从安格尔教授的夏屋走廊上远眺石城镇所作。

匆匆吃过"零食"式的午餐，我们别了鲍尔家人，继续开车向石城疾驶。随着沿途树影的加长，我们渐渐接近了目的地。终于在转过第三个小山坡时，我们从异于伍德画中的角度眺见了石城。河水在斜阳下反映着淡郁郁的金色，小桥犹在，只是已经陈旧剥落，不似画中那么光彩。啊，磨坊犹在，丛树犹在，但是一切都像古铜币一般，被时间磨得黯淡多了；而圆浑的山峦顶上，只见半黄的草地和零乱的禾墩，一如黄金时代的余灰残烬。我不禁失望了。

"啊，春天来时，一切都会变的。草的颜色比画中的还鲜！"安格尔教授解释说。

转眼我们就驶行于木桥上了；过了小河，我们渐渐盘上坡去，不久，河水的淡青色便蜿蜒在俯视中了。到了山顶，安格尔教授将车停在别墅的矮木栅门前。大家向夏屋的前门走去，忽然安格尔太太叫出声来，原来门上的锁已经给人扭坏。进了屋去，过道上、客厅里、书房里，到处狼藉着破杯、碎纸、分了尸的书、断了肢的玩具、剖了腹的沙发椅垫，零乱不堪，有如兵后劫余。安格尔教授一耸哲学式的两肩，对我苦笑。莎拉看见她的玩具被毁，无言地捡起来捧在手里。安格尔太太绝望地诉苦着，拾起一件破家具，又丢下另一件。

"这些野孩子！这些该死的野孩子！"

"哪里来的野孩子呢？你们不能报警吗？"

"都是附近人家的孩子，中学放了暑假，就成群结党，来我们这里胡闹、作乐、跳舞、喝酒。"说着她拾起一只断了颈子的空酒杯，"报警吗？每年我们都报的，有什么用处呢？你晓得是谁闯进来的呢？"

"不可以请人看守吗？"我又问。

"噢，那太贵了，同时也没有人肯做这种事啊！每年夏天，我们只来这里住三个月，总不能雇一个人来看其他的九个月啊。"

接着安格尔太太想起了楼上的两大间卧室和一间客房，匆匆赶了上去，大家也跟在后面。凌乱的情形一如楼下；席梦思上有污秽的足印，地板上横着钓竿，滚着开口的皮球。嗟叹既毕，她也只好颓然坐了下来。安格尔教授和我立在朝西的走廊上，倚栏而眺。太阳已经在下降，暮霭升起于黄金球和我们之间。从此处俯瞰，正好看到画中的石城；自然，在艺术家的画布上，一切皆被简化、美化，且重加安排，经过想象的沉淀作用了。安格尔教授告诉我说，当初伍德即在此廊上支架作画，数易其稿始成。接着他为我追述伍德的生平，说格兰特（Grant，伍德之名）年轻不肯做工，作画之余，成天闲逛，常常把胶水贴成的纸花献给女人，不久那束花便散落了，或者教小学生把灯罩做成羊皮纸手稿的形状。可是爱奥华的人们都喜欢他，朋友们分钱给他用，古玩店悬卖他的作品，甚至一位百万财主也从老远赶来赴他开的波希米亚式的晚会——他的卧室是一家殡仪馆的老板免费借用的。可是他鄙视这种局限于一隅的声名，曾经数次去巴黎，想要征服艺术的京都。然而巴黎是不容易征服的，你必须用巴黎没有的东西去征服巴黎；而伍德只是一个模仿者，他从印象主义一直学到抽象主义。他在塞纳-马恩省路租了一间画展室，展出自己的三十七幅风景，但是批评界始终非常冷淡。在第四次游欧时，他从十五世纪的德国原始派那种精确而细腻的乡土风物画上，悟出他的艺术必须以自己的故乡，以美国的中西部为对象。赶回爱奥华后，他开始创造一种朴实、坚厚，而又经过艺术简化的风格，等到《美国的哥特式》一画展出时，批评界乃一致承认他的艺术。不过，这幅《石城》应该仍属他的比较"软性"的作品，不足以代表他的最高成就，可是一种迷人的纯真仍是难以抗拒的。

"格兰特已经死了十七年了，可是对于我，他一直坐在这长廊上，做着征服巴黎的梦。"

橙红色的日轮坠向了辽阔的地平线，秋晚的凉意渐浓。草上已经见霜，薄薄的一层，但是在我，已有十年不见了。具有图案美的柏树尖上还流连着淡淡的夕照，而脚底下的山谷里，阴影已经在扩大。不知从什么地方响起一两声蟋蟀的微鸣，但除此之外，鸟声寂寂，四野悄悄。我想念的不是亚热带的岛，而是嘉陵江边的一个古城。

归途中，我们把落日抛向右手，向南疾驶。橙红色弥留在平原上，转眼即将消灭。天空蓝得很虚幻，不久便可以写上星座的神话了。我们似乎以高速梦游于一个不知名的世纪；而来自东方的我，更与一切时空的背景脱了节，如一缕游丝，完全不着边际。

一九五八年十一月于爱奥华城

塔阿尔湖

一瞬间，

万顷的蓝

——天的柔蓝、湖的深蓝

——要求我盈寸的眼睛容纳它们。

一过大雅台（Tagaytay），山那边的世界倏地向我扑来。数百里阔的风景，七十五厘米银幕一般，迎眸舒展着。一瞬间，万顷的蓝——天的柔蓝、湖的深蓝——要求我盈寸的眼睛容纳它们。这种感觉，若非启示，便无以名之了。如果你此刻拧我的睫毛，一定会拧落几滴蓝色。不，除了蓝，还有白，珍珠背光一面的那种银灰的白。那是属于颇具芭蕾舞姿但略带性感的热带的云的。还有绿，那是属于湖这面山坡上的草地、椰林和木瓜树的。椰林并不美，任何椰树都不美；美的是木瓜树，挺直的淡褐色的树干，顶着疏疏的几片叶子，只要略加变形，丹锋说，便成为甚具几何美的现代画了。还有紫，迷惘得近乎感伤的紫，那自然属于湖那边的一带远山，在距离的魅力下，制造着神秘。还有黄，全裸于上午十点半热带阳光下的那种略带棕色的亮晃晃的艳黄，而那，是属于塔阿尔湖（Taal Lake）湖心的几座小岛的。

　　如果你以为我在用莫奈的笔画印象派的风景，那你就误会我的意思了。此刻偃伏于我脚下的美，是原始而性感的，并非莫奈那种七色缤纷的妩媚。它之异于塞纳河，正如高更的塔希提裸女之异于巴黎的少妇。这是北纬十四度的热带风景，正如菲律宾的女人所具的美，是北纬十四度的热带阳光鬃漆而成的一样。不知你注意过她们的肤色没有？嗜，我怎么说呢，那种褐中带黑、深而不暗、沃而不腻、细得有点反光的皮肤，实在令我嘴馋。比起这种丰富而且强调的深棕色，白种女人的那种白皙反而有点做作、贫血、浮泛、平淡，且带点户内的沉闷感。

　　说起高更，丹锋的手势更戏剧化了。他是现代画家，对于这些自然比我敏感。指着路边椰林荫里的那些小茅屋，他煽动地说："看见那些茅屋吗？竹编的地板总是离地三四尺高，架空在地上，搭一把竹梯走上去，凉快，简洁。你应该来这儿住一夜，听夜间丛林中的万籁，做一个海明威式的梦。或者便长住在这里，不，不要住在这里，向南方走，住在更南的岛上，娶一个棕色皮肤亮眼睛的土女，好像高更那样，告别文明，告别霓虹灯和警察，告别四面白墙形成的那种精神分裂症和失眠。"

"像高更那样，像高更那样……"我不禁喃喃了，"来到这里，我才了解高更为什么要把他那高高的颧骨埋在塔希提岛上，而且抛掉那位丹麦太太，把整个情欲倾入棕色的肉体里……是吗？……不要再诱惑我了，You Satan！我有一个很美的妻、两个很乖的女儿，我准备回到她们的身边！"

游览车上的女孩们笑成了一支很好听的合唱队。到了车站，我们跃下草地，在斜斜的山坡上像滑雪者一般半滑行着。凉爽得带点薄荷味的南风迎面拂来，气温约在七十度左右。马尼拉热得像火城，或者，更恰当地说，像死海，马尼拉的市民是一百万条咸鱼，周身结着薄薄的一层盐花。而此地，在海拔二千米的大雅台山顶，去马尼拉虽仅二小时路程，气候却似夏末秋初之际。阳光落在皮肤上，温而不炙，大家都感到头脑清新，肺部松散。

在很潇洒的三角草亭下，各觅长凳坐定，我们开始野餐，野餐可口可乐、橘汁、椰汁、葡萄、烤鸡、面包，也野餐塔阿尔湖的蓝色。画家们也开始调颜料，支画架，各自向画纸上捕捉塔阿尔湖的灵魂。在围观者目光的焦点上，丹锋，这位现代画家，姑妄画之地画者，他本来是反对写生的。洪洪原是水彩画的能手，他捕捉的过程似乎最短。蓝哥戴着凡·高在阿尔戴的那种毛边草帽，一直在埋怨，塔阿尔湖强烈的色彩属于油画，不是抒情的水彩所能表现。有趣的是，画家们巴巴地从马尼拉赶来就湖，湖却闲逸而固执地卧在二千米下，丝毫不肯来就画家。出现在画纸上的只是塔阿尔湖的贫弱的模仿。而女孩子们窃语着，哧哧地笑着，很有耐心地看着。我想的是高更的木屐和斯蒂文森[1]的安魂曲，以及土人究竟用哪种刀杀死麦哲伦。

　　然而这是假日。空中嗅得到星期日的懒惰、热带植物混合的体香。芒果、香蕉、椰子、木瓜、金合欢、榴莲，和女孩们的发与裙。每一阵风自百里外吹来，都以那么优美的手势掀起她们的发。对着这一切跳动的丰富和豪华，我闭上了眼。一过巴士海峡，生命乃呈异样的色彩。一个月前，我在台湾的北部，坐在一扇朝北的窗下写一首忧郁的长诗。俯视我完成那苦修的工作的，是北极星，那有着长髯的北极星。

1　　斯蒂文森（Robert Lewis Stevenson，1850—1894），英国小说家。

现在，我发现自己踩的是高更的世界、黎刹[1]的世界、曼纳萨拉与何塞·戈雅的世界——被西班牙混血种的大眼睛和马尼拉湾水平线上的桃色云照亮的一个世界。

几天前的夜间，诗人本予带我们去 Guernica。那是一家西班牙风的酒店。节奏统治着那世界。弹吉他的菲律宾人唱着安达路西亚的民歌，台下和着，有节奏地顿足而且拍手，人们都回到自己当初出发的地方。堂吉诃德们遂哭得很浪漫主义。幽幽的壁灯映着戈雅的斗牛图和鲁本斯的贵族妇女。我们的脸开始做毕加索式的遁形。在狂热的 hurrah 声中，每个人都向冰威斯忌杯中溺毙忧烦。

另一个夜里，我发现自己成为苏子的宾客。那是马尼拉有数的豪华酒店之一。（本予说，他没有一次进去不先检查自己的钱夹，这话我每次想起都好笑。）壁灯的柔光自天花板上淡淡地反映下来，人们的脸朦胧如古老的浮雕。少焉，白衣黑裤的侍役为我们上烛。乳白的烛，昏黄的光，雕空的精致的烛罩与古典的烛台，增加了室内的清幽和窗外的深邃。

1　何塞·黎刹（Jose Rizal，1861—1894），菲律宾国父。

苏子愀然，客亦愀然。大家似乎在倾听，听流星落在马尼拉湾里，而海水不减其咸。夜很缄默，如在构思一首抒情诗，孵着一个神秘的蛋。终于苏子开口了。苏子说，夜还很年轻，这酒店不到半夜是不会热闹的。可是我们在热闹之前来此。黑人琴师的黑指在分外皎白的琴键上挥开了一阶旋律。空气振荡着。肖邦开始自言自语。这是欧洲，欧洲的夜与烛。于是苏子恢复愀然，客亦愀然。

"看哪，诗人又在写诗了！"美美的呼声使我落回吕宋岛上。我从她手中接过椰子，恍惚地吸着椰汁。"我是一只具有复生命的巫猫，一瞬间维持着重叠的悲剧。"在那首阴郁的长诗中，我曾如此写过。我的生命从来没有完整过。黄用出国的前夕，我对他说："现在你可以经验五马分尸了。"黄用以为说中了他的感觉。翻开嘉陵江边的任何卵石，你可以看见我振翼飞去。同样地，你也可以翻开淡水河边、爱奥华河边或是温哥华海滨的任何石块。正如一过巴士海峡，我将发现自己曾蜕皮于南吕宋的海岸。

两小时后，我们的车绕湖半周，在一座颇现代化的建筑物前气咻咻停下。我们坐在那餐馆的大幅玻璃窗内，看另一角度的塔阿尔湖，而且以银匙挖食剖成半圆的椰壳中盛着的冰淇淋。将近下午五点的光景，树影延长着。地平在线，暮云靉靆，迤逦如带，可百余里。俯视湖心，三座小岛迎着斜日依次而立。最前面的那座最小，顶端陷入如盆，那便是有名的塔阿尔火山。山色介于橙黄与茶褐之间，在阳光下，特别浓艳耀眼，宜于拍彩色片。土人叫它作"造云者"或"恐怖的东西"，它一怒吼，菲律宾人的烦恼便开始了。诗人颖洲与亚薇告诉我说，在十八世纪，它曾爆发过几次，毁了附近好几座镇市。最近的一次在一九一一年一月三十日，先是喷烟且流溢熔浆，继以轰然爆炸，熔液、泥块与灰烬摧毁了九十平方英里的面积，威力所及，甚至远达八百平方英里的范围。遭难村庄甚多，死者共一千三百余人。痉挛性的震动持续了一个星期，到二月八日才恢复常态。此刻它悄悄地梦寐在下午的静谧中，像未断奶的婴孩。谁能断定下一刻它不会变成愤怒的巨人？塔阿尔湖长十七英里，宽十英里半，深十米许，湖面高出海面仅二米半。大雅台海拔二千尺，因此俯瞰湖面，下临涵虚，视域开阔，两岸山峰奇而秀，嶙峋入湖，犹如五指，十分壮观。他们都说，塔阿尔湖之美，犹稍逊日月潭。我没见过日月潭，无从比较，但我想，日月潭无此豁然开朗的远景。

归途上，看魁梧的大雅台渐渐立起，遮住山后的另一世界。风在我们鬓边潺潺泻过，凉意从肘弯袭向腋下，我们从秋天驰回夏天。不久我们便将奔驰于平原，去加入死海中那百万条咸鱼群了。

一九六一年五月七日于马尼拉

重游马尼拉

——出席『亚洲作家会议』散记

美丽的千岛国浸在暖暖的太平洋里，

这里是永恒的夏季。

菲律宾半裸在八十度的阳光中。

这种生气蓬勃的世界，

令我想起英国现代诗人叶芝的那首诗——

《航向拜占庭》。

去年耶诞前夕，因参加笔会代表团出席"亚洲作家会议"（Asian Writers' Conference），去最近的邻国菲律宾做客十天，在马尼拉度过耶诞与新年。在我，马尼拉已是重游。一九六一年春天，我曾和王蓝[1]、王生善[2]二位先生应邀，去马尼拉"讲学"。唯上次访菲，为期虽有三周，但授课之余，接触面限于华侨社会。这次重游，虽匆匆一旬，但在国际场合，接触面较宽，交际量亦较大。印象缤纷交迭，有如未来主义的画面，稍加整理，似亦颇有可述者。正面的洋洋大文，已有同行其他代表详为撰写，本文只好避重就轻，多做侧面的报道了。

1　王蓝（1922—2003），笔名果之，作家、艺术家，代表作《蓝与黑》。
2　王生善，戏剧家。

冬天里的夏天

美丽的千岛国浸在暖暖的太平洋里，这里是永恒的夏季。菲律宾半裸在八十度的阳光中。这种生气蓬勃的世界，令我想起英国现代诗人叶芝的那首诗——《航向拜占庭》（*Sailing to Byzantium*）。踏上吕宋岛，第一位在机场欢迎我们的，不是亚薇或亚佩瓦（N. Veloso Abueva），是夏季。空气松软而有情。我们把台北的冷峻呼出去，吸进马尼拉的温暖。马尼拉的夜是开敞而不寐的。何况这是耶诞的前夕。已经是子夜了，霓虹仍流动着，支撑着半壁天的繁华。东方最大的天主教国家，今夕，更是他们宗教活动的高潮。所有的菲律宾人都在西班牙遗风的大教堂里。异教徒的我在教堂外，在异国的夜的空气中。也曾在异国度过怪凄清的耶诞前夕哪。那是在芝加哥，被雪封闭的天地间，听不到苏武的羊鸣，听得见极地的狼嗥和海鸥的悲啼。唯一使我血脉流通、使我的心成不冻港的，是刘鎏、是孙璐的美丽的眼睛。但今夕不同，今夕何夕，我该是一个快乐的异教徒，我在许多可爱的朋友之中。亚薇和亚佩瓦来了，一雄、颖洲、桂生以及姚先生、虞先生等都来了。紧握着的掌中有热烈的友情。一年而有两个夏天，一九六二年是富于阳光的。

穿过霓虹灯之海，驶入色彩，驶出色彩，一雄的汽车在马尼拉旅店的门前停下。这是马尼拉最豪华的旅店，有两百多个房间。湖绿色的灯缀成的大吊钟自六楼顶庞然下悬，对街露天画廊的灯火正辉煌。节日的车潮潺潺流泻着，远方的马尼拉海湾反而幽静而安息了。桂生请王蓝、钟鼎文、冯放民和我去今夕不打烊的餐厅中消夜。座位很挤。年轻人的笑声把夜装饰得蛮生动的。

耶诞日，清晨三点，我在三楼的席梦思上躺下。

各国的英语

八仙过海，有的仙胖，有的仙瘦。胖的好看，但不"好听"，瘦的恰恰相反。我和凤兮同室，二瘦默默无闻。王蓝和钟鼎文一房，前者在后者的快意鼾声中失眠了。陈纪滢和邱楠异床亦不同梦；五论作者呼呼入梦，把华夏八年留在梦外。罗家伦[1]和李曼瑰各据一室，有无鼾声，不得而知。

1　罗家伦（1897—1969），"五四运动"的命名者，中国近代著名的教育家，思想家，社会活动家。

　　第二天中午，应段先生之邀，前往其府上午餐。罗家伦显得很活泼，席间追述新疆监察使任内的往事，自称曾经冒充"第一千零一团团长"。从盛世才[1]到韩复榘[2]，从韩复榘到"各国的英语"，是很自然的事。

　　"各国的英语"并不是一个笑话。英语确是因国而异。日本人说的英语，别有风味，自然有别于菲律宾式的英语。一般说来，亚洲人中，中国人和韩国人的英语，纯正但不流利，其他各国的英语流利而不纯正，日本人的英语则往往既不流利也不纯正。

　　五个文学座谈会都在马尼拉旅店的"橡树厅"中举行。橡树厅并不大，可容八九十人。居中是一张长方形的大木桌，各国代表环桌而坐，前后并各有数排座椅，供各国观察员、各报记者及笔会以外的文学艺术界人士之用。主席由巴基斯坦、印度尼西亚、中国台湾、印度、泰国各代表团团长轮流担任。主席的右侧依次是锡兰[3]、中国台湾、中国香港、印

1　盛世才（1895—1970），自1933年到1944年负责着新疆的军事、政治，号称"新疆王"。

2　韩复榘（1891—1938），第一个打到北京城下的北伐将领，民国时期任山东省政府主席。

3　锡兰是1948—1972年斯里兰卡的国名。

度、印度尼西亚等代表团；左侧依次是日本、韩国、巴基斯坦、菲律宾、泰国等代表团；主席的对面是英、美、澳洲、巴基斯坦、亚洲协会（Asia Society）、亚洲杂志（Asia Magazine）各方派来的观察员。

来自古狮子国的锡兰代表仅一人。萨拉特·钱德拉博士（Dr. Ediriweera R. Sarachchandra）生于一九一四年，曾得佛教心理学的博士学位，现任锡兰大学教授。他是剧作家、小说家、批评家。他的作品除锡兰文的剧作、小说及批评外，尚有英文本的《论锡兰民间戏剧及现代剧院》《论锡兰之小说》及《佛教感知心理学》。他曾获洛克菲勒奖金，先后在印度、美国和日本研究戏剧。高高瘦瘦的个子，相当黝黑的皮肤，这位在印度洋中长大的戏剧家兼学者给人一种文雅的感觉。在第一次座谈会中，他听了我有关《文学中的传统与现代》的意见后，曾对我表示颇有同感。他说，在锡兰，古典文学与现代文学各有读者，但现代文学渐渐赢得更多的喜爱。

头包白巾，蓄了一副黑虬髯的印度首席代表辛格（Khushwant Singh）坐在香港代表和印度尼西亚代表之间。他那静穆的眼睛和安详的风度加上深沉有力的纯正的英语，很快便吸引住我。他生于一九一五年，获旁遮普大学文学学士及伦敦大学法学学士学位，曾在伦敦做律师，并在牛津大学讲学。他的史学著作有《塞克族人史》及《旁遮普王国衰亡史》等；小说有《往巴基斯坦的火车》等。他提出的论文与我同组。在文中他说促成印度文学走上现代的因素有三：英国十九世纪的小说和美国爱默生的散文、马克思主义和独立运动。十九世纪的英国诗对印度诗的作用并不显著，因为印度诗的传统很深厚。自命前进的左派文学大盛于两次大战之间，但目前已经衰落，如有作家自命前进，已无异自认落伍。辛格说，印度的现代诗亦深受惠特曼、艾略特、奥登、斯彭德的影响，但传统的印度诗仍受大众的热爱。他说，在今日印度的文坛上居领导地位者仍是诗人，不是小说家或剧作家。诗集出版的数量多于其他文学作品的总和。诗的朗诵仍然吸引大众；据说巴基斯坦的名诗人费兹（Faiz Ahmed Faiz）在印度京城受到的盛大欢迎，有甚于最红的电影演员，听众之中甚且包括内阁诸大臣。

印度代表一共三人。除辛格外，还有戈比·戈巴夫人（Mrs. Gopi Gauba）及巴海（Prabhakar Padhye）。巴海性情比较激动，发音沙哑，但又特别爱说话。他生于一九〇九年，毕业于孟买大学，做过周刊和日报的编辑，作品有《新世界和新地平线》等。开始我见他自命不凡，甚厌之。后来和他接触较多，了解也较多。他曾对我和李曼瑰女士说，"你们代表团的阵容非常强大"，也曾表示，颇同意我的论文。他自己的论文是《两型文化与亚洲作家》。

巴海的英语沙哑难解。坐在他旁边的印度尼西亚代表阿里斯贾巴纳博士（Dr. S. Takdir Alisjahbana）说得比较缓慢，但却清晰易懂。现年五十五岁的阿里斯贾巴纳博士已经头发斑白。他的举止和谈吐都很儒雅可亲，开始我们都担心印度尼西亚代表会对我们不利，颇怀戒心，结果发现他对台湾的代表都很诚恳。去碧瑶途中，他更和陈纪滢、邱楠二位代表谈得非常投机。后来我们才发现他和另一位印度尼西亚代表基斯马地（S. M. Kismadi）都在国外流亡很久。在亚洲作家会议的开幕典礼中，阿里斯贾巴纳博士曾经强调艺术的长久和政治的短暂。他说："政治关系只能维持到下一届的竞选，或是暗杀。"阿里斯贾巴纳博士是文学家兼语言学家，也是教授、编辑和出版家。他曾经担任过"印尼语文发展与革新局"的局长，作品包括英文的《印度尼西亚生活与文化的紧张性》和法文的《印尼语言及文学的发展》等。

　　坐在主席左侧的是日本的代表。两人的英语都不是很好。现年四十七岁的Shoto Kamekawa先生曾在美国科罗拉多大学读书，现在琉球大学教授英国文学。平林泰子（Taiko Hirabayashi）很胖，穿着古典风味的和服，脸上漾着富士山下女性特有的那种温柔而谦逊的微笑。参加亚洲作家会议的代表里面，她是最具民族风格的一位。她的英语不善表达，常要别人代为口译，但当译者也词不达意时，她自己的东洋英语也流露出来了。她现任日本作家协会的理事，写作历史很久。她生于一九〇五年，钟鼎文说他留日时即已读到她的作品。她曾于一九四八年获女作家文学奖，作品有《沙漠之花》《我活着》《我行我素》等。

　　她的左面坐着在地理上也是近邻的韩国代表团。这次韩国笔会派来的五位代表都是新人，而且年纪很轻，皆在三十七岁和四十岁之间。韩国民族一向具有北方人严肃而刚毅的气质，这次的韩国代表平均年龄虽轻，但特别具有那种不苟言笑的肃穆意味，不知道这是否与他们沉重的现实有关？代表团团长杨炳铎（Yang Byung Taek）比较开朗而快乐。他现年四十一岁，是一位年轻有为的学者与作家。他曾在东京教育大学和印第安纳大学读书，现任庆熙大学教授兼图书馆馆长。《白鲸记》及《嘉丽妹妹》是他的韩文翻译名著中的两种。亚洲作家会议后，杨炳铎顺道访问台湾，邱楠先生于元月七日晚间在真北平宴请他，并邀王蓝先生、钟鼎文先生和我作陪。席间主客尽欢，我并请他代向韩国笔会秘书长诗人高远（Ko Wan）致意。在亚洲作家会议之中，杨炳铎所提的论文也是《文学中的传统与现代》。

再向左看，就看见巴基斯坦的代表夏珊（Syed Ali Ahsan）和胡珊（S. S. Husain）。夏珊也蓄了一副胡子，但没有包裹白巾。他才四十一岁，现任喀拉蚩大学孟加拉文系系主任，他是诗人、批评家、翻译家，曾将希腊悲剧译成孟加拉国文，并著有《孟加拉文学论文集》。他们的皮肤，黑中带黄，英语都说得不错。

爱奥华的老同学

夏珊之左是菲律宾代表席。菲方笔会的会员一共有四十位，但出席这次会议的不过十位左右，其中曾随"菲律宾文艺访问团"来过台湾的，有菲律宾大学教授、小说家冈萨雷斯（N. V. M. Gonzales）和菲大讲师、女诗人莫瑞诺（Virginia

Moreno）。华谨（Nick Joaquin）来过台湾，但此人甚自负，不太"合群"，此次会上始终不曾露面。他曾被菲律宾当代名诗人维利亚（Jose Garcia Villa）誉为两位最出色的英文作家之一。另一笔会会员，现任菲律宾教育部长的罗塞斯（Alejandro Roces），也以华谨的小说为菲律宾现代文学的代表作。笔会的主席，现代菲律宾大学教育学院院长的莫拉里斯博士（Dr. Alfredo Morales）仅在"两型文化与亚洲作家"座谈会中出现，并发言一次。至于菲律宾笔会的秘书尚尼·扶西（F. Sionil Jose），由于忙着大会的事务，人虽晃来晃去，反而未曾发言。

以论文分量而言，最令人注意的是女作家康丝坦蒂诺（Josefina D. Constantino）的一篇十八页长的洋洋大文《两型文化与亚洲作家》。她年轻而秀逸，英语不太纯，但是口齿清楚而运字流畅，听去非常舒服。另一位代表，诗人田颇（Edilberto K. Tiempo），则就《革命时代作家之任务》一题目提出了精辟的论文。

但是最令我欣喜的，是见到四年前的老友桑托斯（Bienvenido N. Santos）。他是吕宋南部某学院的院长，菲律宾重要小说家之一，一九五八年在美国爱奥华州立大学诗创作班上和我同学，矮矮胖胖的个子，深棕色的皮肤，半秃的圆颅，爱笑，笑起来露出整齐的白齿。当时我一直很喜欢这马来种的中年汉子。老诗人弗罗斯特访问爱奥华城，我们曾在一起照了一张相。一九六一年春天，我初游马尼拉，他尚在美国未归。这次同时代表各人本国的笔会，终在马尼拉见面。他一点也没有变，还是那么诙谐可爱。提起当日诗创作班的教授安格尔（Paul Engle），桑托斯说："此公最大的毛病，就是怕感情，他要你的作品中不带感情！"桑托斯同意我在《文学中的传统与现代》一文中发表的意见，认为虚无与晦涩是现代文学的致命伤。他提出的论文是《文学的奖励与维护》。他认为文学奖金的唯一标准应该是"优秀"，而优秀的标准应由一组终身从事伟大文学的鉴赏而具有足够知识的评判人士来决定。他说，不论多么穷困，一位名副其实的作家不应该违背自己的意志去接受他人的条件。在论文最后一段中，他说："每一位作家洞口的狼，不再是陈腔滥调了。这头狼真实得像一沓未清偿的账单，堆在如山的未出版的手稿之上。"

泰国的代表是去年曾来台湾访问过的炳·文查亲王（Prince Prem Purachatra）和王妃。亲王风度翩翩，说得一口流利典雅的英语，为泰国文化界的领袖之一，在国际文化交流方面非常活跃。他生于一九一五年，青年时代在英国受教育，曾在拜伦的母校哈罗（Harrow）学院读书，后来在牛津获得文学硕士学位。他曾经主持过许多文化机构，先后担任过大学的教授，新闻系、现代语文系及西方语文系的主任，文学院长、泰国笔会主席及驻联合国文教科学组织的代表。他的著作包括剧本、诗集、故事、游记等多种。王妃毕业于巴黎大学，为一医学家及编辑。

在观察员方面，与我接触较多的是来自澳洲的小说家，四十九岁的普雷斯顿（James Preston）。代表香港《亚洲杂志》，现任该刊副编辑的休斯（Barry Conn Hughes）曾和我谈及聂华苓女士在该刊发表的两篇作品。最突出的当然得推美国诗人兼小说家，曾在埃及美国大学任教的史都华（Jesse Hilton Stuart）。这位作家现年五十六岁，精力充沛，言谈诚恳中带有煽动性。他有"肯塔基州桂冠诗人"之称。在座谈会中，他对台湾代表的意见一向支持，且极力推荐英国已故的作家奥威尔（George Orwell）的两部作品：《动物庄园》（Animal Farm）和《一九八四》（Nineteen Eighty-Four）。会后他曾来台湾访问一周。

血浓于水

和我们关系最密切的，当然是香港笔会的代表团了。血浓于水，毕竟是自己人，无论在会议或日常生活上，香港的代表和台湾的代表都是互相呼应的。香港代表比我们后到马尼拉，我们在华侨区的山东馆"鲁园"为他们接风。他们先飞回香港，我们赶去机场送行。在"茉莉花旅店"（Sampaguita Hotel）同住时，他们请台湾代表团吃早餐。元月二日晚间，台湾、香港和菲律宾华侨界三方面的作家们，更举行了一次联合座谈会，商讨如何促进海外与祖国间文学界交流的方式。从罗锦堂先生那里，我知道香港读者对现代诗的兴趣日渐浓厚。胡菊人先生告诉我王敬羲、叶维廉、宋淇、桑简流、思果等的近况。香港笔会代表团的名单如下：团长黄天石，团员李秋生、冒季美、罗锦堂、卢森、萧辉楷、胡菊人、周翠钿、徐亮之。

碧瑶之行

亚洲作家会议在十二月廿九日结束，部分代表纷纷赋归。留下来的被菲方招待去避暑胜地碧瑶（Baguio）一游。台湾代表之中，王蓝先生已经去过碧瑶，罗家伦先生游兴不浓，其余都随众人上山。

　　清晨五点半钟，马尼拉湾的曙色犹未透，我们的大巴士便咻咻然启程了。车行一小时后，热带金黄色的阳光才鬃在平坦的公路上。路向吕宋岛的北部似无尽止地伸延着，碧瑶在一百三十英里外，在五千英尺的云上等待我们。大巴士以七十英里的时速奔驰着，把一片一片蔽天翳日的椰林，把Coca Cola、7up、San Miguel的广告牌，把收割后荒芜着的稻田，把离地数尺架空而筑的竹屋，掷向车后。这里曾是西班牙官兵、中国海盗、日军的古战场，当年该有多么红丽的血自拉普拉普的刃锋上滴下，溶入多火山的土壤之中。但此际是一九六二年最后的两天，云罗在南中国海的上空无所用心地缓缓游弋，许多黄得伤眼的西班牙式大教堂浸在中古的梦幻里。正是耶诞季节的星期日的清晨，优闲地，钟声自许多教堂的钟楼上飞出来，像鸽群一样地飞着。小蓬、巨轮、高轴的马车在公路边施施然溜达；车后的竹编敞窗中，可以窥见吕宋女孩秀丽的背影，或是大小六七口的棕色之家。车夫斜顶着草帽，敞开的胸前系着红得欲焚的领巾，嘴唇虽是厚厚的，坐姿却是瘦瘦的，马鞭索儿斜斜地悬着。这种画面，该是凡·高和高更的心爱题材。

正午时分，我们进入碧瑶山区。在山麓的小市镇加油后，大巴士便气喘吁吁地仰攀而上，在S形或Z形的九曲回肠上登临风景。路的险峻和风景的秀美成正比。高空的气压使耳朵有胀塞的感觉，但立刻为进入肺中的处女空气所补偿。谷渐往下沉，山渐往上涌。白晶晶的瀑布自褐岩的绝壁上千丈一踪、声震满谷地去赴海的约会。大巴士在绝壁与绝壁间的铁桥上轧轧辗过，下临无地，令人心悸。终于穿过Welcome to Baguio的大牌坊，在万山之顶停了下来，长长地叹一口气。

在几乎没有湿度的原始的美好空气中，温而不燠的爽脆的阳光落在我们的肌肤上。近八十度的响晴天，踏在干净的石地上，我们顿觉身轻如燕，如云，如一切不负责任的可浮、可扬的东西。菲律宾在脚下。初秋把我们举得高高的，置我们于亮黄的菊花丛和清香的柏树之间。碧瑶的街道宽阔、整洁而明艳。碧瑶的范围也比阳明山大，许多玲玲珑珑的别墅散落在山顶或谷间，依山势而迤逦有致。碧瑶被海拔一英里高的山群推向空中，推出二十世纪之外，一若超时空地梦着。真静！任何声音都具有轮廓清晰的外形，不像大都市中的喧哗那么模糊难分。不信，以杖叩山，当可立闻永恒的回声铿然如磬。

就这么童话似的被导游着，先后参观了菲律宾军校、千里达谷、华侨办的爱国中学、总统（以前是总督）的暑宫、伊哥洛特（Igorot）族的手工艺品市场等地，最后全体代表应当地一金矿之邀，在约翰海兵营的美军招待所午餐。

伊哥洛特族的土产市场在半山上，出售各式各样的雕刻木器、草编饰物、贝壳珍玩和所谓碧瑶石制的烟灰缸等。伊哥洛特族的女孩，尽管肤色褐黄之中带黑，近甜腻浓厚的巧克力色，但面目姣好，原始之中含有精致而柔媚的成分，想必为原始主义的信徒们所赏识。停车半小时，选购纪念品甚久，各国代表犹未尽兴，又在碧瑶市中心的土产商场继续收集。一些银制的镂空别针，做蔷薇或孔雀形的，最受我们的欢迎。一直到下午四点，大巴士才开始驶回马尼拉。九点多钟，我们才回到岷市[1]。而此时，我们的寓所，也就从马尼拉旅店迁至"三把吉他"旅店。"三把吉他"（Sampaguita）即茉莉花之意，据说是菲律宾的国花。至此，我们的国际活动告一段落，迁至"三把吉他"后，接触的范围乃转向华侨社会。

1　岷市，即为岷里拉市，是菲律宾华人对菲律宾首都马尼拉的俗称。

独立营万岁

台湾的十代表中，罗家伦团长阅历既丰，游兴不浓。陈纪滢、邱楠二位先生亦以副团长身份之故，不便放浪形骸。李曼瑰女士毕竟是女士。卢月化女士与姚夫人侨居在菲。其余的四位：冯放民、钟鼎文、王蓝和我，乃自然而然形成一个少壮派，日常生活多采一致行动。于是团下有营，我们自称独立营了。王蓝三下南洋，对马尼拉形势的熟悉，加上Tagalog土语的唬人知识，被推为独立营长，自是合情合理。我亦以重游斯土，且较通英语，竟自称亦渐被称为营指导员。独立营最值得纪念的联络官当然是亚薇。在后五天中，经常陪伴独立营演习的是亚薇、朱一雄、施颖洲、吴天增、李约、林中民、苏子等诸位先生。我是永春人，自然和永春华侨来往较多。此外，并见到现代诗人云鹤和陈战雄。两届菲华青年暑期文艺讲习班的同学，并举行一次盛大的晚会，欢迎全体台湾代表。

因为翻译家施颖洲的鼓舞，我已经拥挤的书架上又添了四册。三册袖珍版书是：*A Voltaire Reader*，*Fifty Great Poets*，*Fifty Short Stories*，另一册是使我花了三十比索（相当于台币三百六十元）的李德著《现代绘画简史》（*Herbert Read: A Concise History of Modern Painting*）。他以一下午的时间陪我参观马尼拉最大的教育书店。"中央社"驻马尼拉主任李约博士给了独立营不少有关菲国的常识，临行还赠我一册非常精美且合实用的《美国文学史》。

在亚薇兄嫂及一雄的陪同下，独立营去参观了麦坚利堡的美军公墓。公墓在一隆起的圆草丘顶，中央是一大片修剪得非常整齐的韩国草地，环绕着它的是做辐射状的一百幅大理石壁，每面壁上刻着三百名阵亡战士的姓名、州别及部队番号，间亦可见中国人和菲律宾人的名字。庄严的纪念碑外，整齐地排列在草坡上的，是三万座纯白色的大理石十字架。这种动人的灵魂大结合使我们在十字架间流连低回，内心激起很深的震荡。虽是第二度来此瞻仰，我的感受不比第一次浅。穿行于十字架和十字架形成的巷中，踏着柔细的碧草和高高的金合欢树上落下来的鲜黄花瓣，踏着许多幽魂的怀乡病和许多未亡人的红泪，我们怅然认读刻在十字架后的死者姓名。在一座十字架后，我读到如下的字样：

Ray H. Lundstrom

CPL 27 Mat So

20 Air Base GP

Iowa, May 30, 1942

　　这位伦德斯壮是爱奥华人，死于一九四二年五月三十日。我停了下来，轻轻地抚摸凉沁沁的白石。他死时几岁呢？一九四二年，那时我才十四岁，正在嘉陵江滨一古镇读中学，压根不明白这世界是怎么一回事。那时，地理是我的心爱功课之一。我知道菲律宾也在太阳旗下呼吸使人咳嗽的火药味。从世界地图上，我对菲律宾的印象，是一群绿油油的岛屿，如是而已。爱奥华州我曾去过，且住过十个月。在那幅印第安人叫作"美丽的土地"上，我从林间铺下厚厚的橡叶的十月，做梦，流泪，写长长的航空信，直到第二年橡树林再撑起弥天漫地的浓绿，因为怀乡。伦德斯壮已经躺在这里做了二十年的怀乡梦了，而且还要梦下去。他在南中国海上怀念爱奥华平原，我在爱奥华平原上怀念南中国海，我们的乡思在冥冥中必曾相遇。伦德斯壮啊，汝其安息！

麦坚利堡似乎和中国诗人分外有缘。我和覃子豪[1]、罗门曾先后写诗咏它。钟鼎文似乎也有句要写，不知已成篇否？同一天下午，独立营的弟兄们又在一雄和亚薇的引导下，去瞻仰菲律宾国父黎刹蒙难时的法庭，和距枪决地点不远处的黎刹的石墓。在薄暮的幽光中，我们站在旧日西班牙王城的废垒上，远眺巴西河入海口的樯橹。城下的地牢中，据说在二次大战时，曾惨杀六百名无辜的菲律宾人。

马尼拉的夜生活是繁丽多姿的。在华侨朋友的邀请下，独立营曾去夜总会和地下赌场参观过。印象最深的一次，是在午夜时分，在一家夜总会中消夜，食鱼粥。台上一位西班牙种的歌女，眼色柔丽，笑得很白洁，在变幻如魔的七色灯晕中，兀自打点精神地曼声唱着。歌声歇时，钢琴的悲吟欲断欲续，倍增空厅的凄清。千里外，该有株睡莲在风中失眠。

年轻的民族

菲律宾人是一个年轻的民族。年轻的毛病可能是幼稚，

1　覃子豪（1912—1963），现代诗人、诗歌评论家。

但成熟可随时间俱来。最可悲的恐怕还是暮气沉沉。这次参加亚洲作家会议，最深的印象是，菲律宾是一个年轻而富朝气的国家。在那里，尽管人民是耽乐而懒散的，但文化界的领袖似皆有为，活泼、自信，且富幽默感。一些要人，如副总统白莱斯（Emmanuel Pelaes）、教育部长罗塞斯、参议员曼那布斯（Raul S. Manglapus）等皆具口才，而且言之有物。白莱斯在亚洲作家会议开幕典礼中致词，曾对作家们说："作家都是独来独往的个人主义。他们和政客是誓不两立的。但是政客也分好坏两种，不可以偏概全。我正是属于好的一种啊。"接着他又鼓励大家勇于做梦，做新的、伟大的梦，且结合在一起去做。如果政客们都这样饶有风趣，我们怎么会讨厌"政客"呢？教育部长罗塞斯才三十多岁，本身就是一个很杰出的小说家和专栏作家。现年五十多岁的现代诗人维利亚，在国际上颇有声誉。据菲大文学系一位学生告诉我，在大学里，可以用他的作品做论文的题材；又说，有一条街以他的名字命名。我们在菲大参观雕塑家亚佩瓦的工作室，他在为菲大校门设计一座如翼的入口。我们去参观女子大学，她们为我们表演很激动的Bayanihan Dance，最后邀来宾一同跳舞。我们觉得，一个爱幻想、爱自由、爱唱歌跳舞，且勇于接受外来影响的民族，是有前途的。

我们自己呢？我们是一个迷信古人的民族，到了今天，还在为西化问题拉锯子。当别人称扬中国文化时，瞧我们的优越感多么满足。可是别人眼中的中国文化是汉唐文化，不是此时此地的中国文化。当中国的古艺术品在美国接受盛大欢迎时，有人想起我们的今艺术品没有？

一九六三年一月十六日午夜

我的书斋经常在闹书灾，

令我的太太、

岳母和擦地板的下女顾而绝望。

　　物以类聚，我的朋友大半也是书呆子。很少有朋友约我
去户外恋爱春天。大半的时间，我总是与书为伍。大半的时
间，总是把自己关在六叠之上、四壁之中，制造氮气，做白
日梦。我的书斋，既不像沃波尔[1]（Horace Walpole）中世纪
的哥特式城堡那么豪华，也不像格拉布街（Grub Street）的阁
楼那么寒酸。我的藏书不多，也没有统计，在一千册左右。
"书到用时方恨少"，花了那么多钱买书，要查点什么仍然不
够应付。有用的时候，往往发现某本书给朋友借去了没还来。
没用的时候，它们简直满坑、满谷；书架上排列得整整齐齐
的之外，案头、椅子上、唱机上、窗台上、床上、床下，到
处都是。由于为杂志写稿，也编过刊物，我的书城之中，除
了居民之外，还有许多来来往往的流动户口，例如《文学杂
志》《现代文学》《中外》《蓝星》《作品》《文坛》《自由青年》

1　　沃波尔（1676—1745），英国作家。

等等，自然，更有数以百计的《文星》。

"腹有诗书气自华。"奈何那些诗书大半不在腹中，而在架上、架下、墙隅，甚至书桌脚下。我的书斋经常在闹书灾，令我的太太、岳母和擦地板的下女顾而绝望。下女每逢擦地板，总把架后或床底的书一股脑儿堆在我床上。我的岳母甚且几度提议，用秦始皇的方法来解决。有一次，在台风期间，中和乡大闹水灾，夏菁家里数千份《蓝星》随波逐流，待风息水退，乃发现地板上、厨房里、厕所中、狗屋顶，甚至院中的树上，或正或反，举目皆是《蓝星》。如果厦门街也有这么一次水灾，则在我家，水灾过后，必有更严重的书灾。

你会说，既然怕铅字为祸，为什么不好好整理一下，使各就其位，取之即来呢？不可能，不可能！我的答复是不可能。凡有几本书的人，大概都会了解，理书是多么麻烦，同时也是多么消耗时间的一件事。对于一个书呆子，理书是带一点回忆的哀愁的。喏，这本书的扉页上写着："一九五二年四月购于台北。"（那时你还没有大学毕业哪！）那本书的封底里页，记着一个女友可爱的通信地址（现在不必记了，她的地址就是我的。可叹，可叹！这是幸福，还是迷惘？）有一本书上写着："赠余光中，一九五九年于爱奥华城。"（作者已经死了，他巍峨的背影已步入文学史。将来，我的女儿们在文学史中读到他时，有什么感觉呢？）另一本书令我想起一位好朋友，他正在太平洋彼岸的一个小镇上穷泡，好久不写诗了。翻开这本红面烫金古色古香的诗集，不料一张叶脉毕呈、枯脆欲断的橡树叶子，翩翩地飘落在地上。这是哪一个秋天的幽灵呢？那么多书，那么多束信，那么多叠压的手稿！我来过，我爱过，我失去——该是每块墓碑上都适用的墓志铭。而这，也是每位作家整理旧书时必有的感想。谁能把自己的回忆整理清楚呢？

何况一面理书，一面还要看书。书是看不完的，尤其是自己的藏书。谁要能把自己的藏书读完，一定会成为大学者。有的人看书必借，借书必不还。有的人看书必买，买了必不看完。我属于后者。我的不少朋友属于前者。这种分类法当然纯粹是主观的。有一度，发现自己的一些好书，甚至是绝版的好书，被朋友们久借不还，甚至于久催不理，我愤怒得考虑写一篇文章，声讨这批雅贼，不，"雅盗"，因为他们的罪行是公开的。不久我就打消这念头了，因为发现自己也未能尽免"雅盗"的作风。架上正摆着的，就有几本向朋友久借未还的书——有一本论诗的大著是向淡江某同事借的，已经半年多没还了，他也没来催。当然这么短的"侨居"还不到"归化"的程度。有一本《美国文学的传统》下卷，原是从朱立民先生处借来，后来他料我毫无还意，绝望了，索性声明是送给我，而且附赠了上卷。在十几册因久借而"归化"了的书中，大部分是台大外文系的财产。它们的"侨龄"都已逾十一年。据说系图书馆的管理员仍是当年那位女士，吓得我十年来不敢跨进她的辖区。借钱不还，是不道德的事。书也是钱买的，但在"文艺无国界"的心理下，似乎借书不还是一件不值一提的事了。

除了久借不还的以外，还有不少书——简直有三四十册——是欠账买来的。它们都是向某家书店"买"来的，"买"是买来了，但几年来一直未曾付账。当然我也有抵押品——那家书店为我销售了百多本的《万圣节》和《钟乳石》，也始终未曾结算。不过我必须立刻声明，到目前为止，那家书店欠我的远少于我欠书店的。我想我没有记错，或者可以说，没有估计错，否则我不会一直任其发展而保持缄默。大概书店老板也以为他欠我较多，而容忍了这么久。

除了上述两种来历不太光荣的书外，一部分的藏书是作家朋友的赠书。其中绝大多数是中文的新诗集，其次是小说、散文、批评和翻译，自然也有少数英文，乃至法文、韩文和土耳其文的著作。这些赠书当然是来历光明的，因为扉页上都有原作者或译者的亲笔题字，更加可贵。可是，坦白地说，这一类的书，我也很少全部详细拜读完毕的。我敢说，没有一位作家会把别的作家的赠书一一览尽。英国作家贝洛克（Hilaire Belloc）有两行谐诗：

When I am dead, I hope it may be said:

"His sins were scarlet, but his books were read."

勉强译成中文，就成为：

当我死时，我希望人们会说：

"他的罪深红，但他的书确实读过。"

此地的read是双关的，它既是"读"的过去分词，又和"红"（red）同音，因此不可能译得传神。贝洛克的意思，无论一个人如何罪孽深重，只要他的著作真有人当回事地拜读过，也就算难能可贵了。一个人，尤其是一位作家之无法遍读他人的赠书，由此可以想见。每个月平均要收到三四十种赠书（包括刊物），我必须坦白承认，我既无时间逐一拜读，也无全部拜读的欲望。事实上，太多的大著，只要一瞥封面上作者的名字，或是多么庸俗可笑的书名，你就没有胃口开卷饕餮了。世界上只有两种作家——好的和坏的。除了一些奇迹式的例外，坏的作家从来不会变成好的作家。我写上面这段话，也许会莫须有地得罪不少赠书的作家朋友。不过我可以立刻反问他们："不要动怒。你们可以反省一下，曾经读完甚至部分读过我的赠书没有？"我想，他们大半不敢遽作肯定的回答的。那些"难懂"的现代诗，那些"嚼饭喂人"的译诗，谁能够强人拜读呢？十九世纪牛津大学教授道奇森（C. L. Dodgson，笔名 Lewis Carrol）曾将他著的童话小说《爱丽丝漫游奇境记》（*Alice in Wonderland*），呈献一册给维多利亚女王。女王很喜欢那本书，要道奇森教授将他以后的作品见赠。不久她果然收到他的第二本大著——一本厚厚的数学论文。我想女王该不会读完第一页的。

第三类的书该是自己的作品了。它们包括四本诗集、三本译诗集、一本翻译小说、一本翻译传记。这些书中，有的尚存三四百册，有的仅余十数本，有的甚至已经绝版。到现在我仍清晰地记得印第一本书时患得患失的心情。出版的那一晚，我曾经兴奋得终宵失眠，幻想着第二天那本小书该如何震撼整个文坛，如何再版、三版，像拜伦那样传奇式地成名。为那本书写书评的梁实秋先生，并不那么乐观。他预计："顶多销三百本。你就印五百本好了。"结果我印了一千册，在半年之内销了三百四十多册。不久我因参加第一届大专毕业生的预官受训，未再继续委托书店销售。现在早给周梦蝶[1]先生销光了。目前我业已发表而迄未印行成集的，有五种诗集、一本《现代诗选译》、一本《查斯德菲尔德家书》、一本画家保罗·克利的评传和两种散文集，如果我不夭亡——当然，买半票，充"神童"的年代早已逝去——到五十岁时，希望自己已是拥有五十本作品（包括翻译）的作家，其中至少应有二十种诗集。对九缪斯许的这个愿，恐怕是太大了一点。然而照目前写作的"产量"看来，打个六折，有三十本是绝对不成问题的。

最后一类藏书，远超过上述三类的总和。它们是我付现买来、集少成多的中英文书籍。惭愧得很，中文书和英文书

1　周梦蝶（1921—2014），诗人，代表作《孤独国》。

的比例，十多年来，愈来愈悬殊了。目前大概是三比七。大多数的书呆子，既读书，亦玩书。读书是读书的内容，玩书则是玩书的外表。书确是可以"玩"的。一本印刷精美、封面华丽的书，其物质的本身就是一种美的存在。我所以买了那么多的英文书，尤其是缤纷绚烂的袖珍版丛书，对那些七色鲜明、设计潇洒的封面一见倾心，往往是重大的原因。"企鹅丛书"（Penguin Books）的典雅，"现代丛书"（Modern Library）的端庄，"袖珍丛书"（Pocket Books）的活泼，"人人丛书"（Everyman's Library）的古拙，"花园城丛书"（Garden City Books）的豪华，瑞士"史基拉艺术丛书"（Skira Art Books）的富丽堂皇、尽善尽美……这些都是使蠹鱼们神游书斋的乐事。资深的书呆子通常有一种不可救药的毛病。他们爱坐在书桌前，并不一定要读哪一本书，或研究哪一个问题，只是喜欢这本摸摸，那本翻翻，相相封面，看看插图和目录，并且嗅嗅（尤其是新书的）怪好闻的纸香和油墨味。就这样，一个昂贵的下午用完了。

约翰生博士曾经说，既然我们不能读完一切应读的书，则我们何不任性而读？我的读书便是如此。在大学时代，出于一种攀龙附凤、进香朝圣的心情，我曾经遵循文学史的指点，自勉自励地读完八百多页的《汤姆·琼斯》、七百页左右的《名利场》，甚至咬牙切齿、边读边骂地咽下了《自我主义者》。自从毕业后，这种啃劲愈来愈差了。到目前忙着写诗、译诗、编诗、教诗、论诗，五马分尸之余，几乎毫无时间读诗，甚至无时间读书了。架上的书，永远多于腹中的书；读完的藏书，恐怕不到十分之三。尽管如此，"玩"书的毛病始终没有痊愈。由于常"玩"，我相当熟悉许多并未读完的书，要参考某一意见，或引用某段文字，很容易就能翻到那一页。事实上，有些书是非玩它一个时期不能欣赏的。例如凡·高的画集、卡明斯的诗集，就需要久玩才能玩熟。

然而，十年玩下来了，我仍然不满意自己这书斋。由于太小，书斋之中一直闹着书灾。那些漫山遍野、满坑满谷、汗人而不充栋的洋装书，就像一批批永远取缔不了的流氓一样，没法加以安置。由于是日式，它嫌矮，而且像一朵"背日葵"那样，永远朝北，绝对晒不到太阳。如果中国多了一个阴郁的作家，这间北向的书房应该负责。坐在这扇北向之窗的阴影里，我好像冷藏在冰箱中的一只满孕着南方的水果。白昼，我似乎沉浸在海底，岑寂的幽暗奏着灰色的音乐。夜间，我似乎听得见爱斯基摩人雪橇滑行之声，而北极星的长髯垂下来，铮铮然，敲响串串的白钟乳。

可是，在这间艺术的冷宫中，有许多回忆仍是炽热的。朋友来访，我常爱请他们来这里座谈，而不去客厅，似乎这里是我的"文化背景"，不来这里，友情的铅锤落不到我的心底。弗罗斯特的凝视悬在壁上，我的缪斯是男性的。在这里，我曾经听吴望尧——现代诗一位失踪的王子，为我讲一些猩红热和翡冷翠的鬼故事。在这里，黄用给我看到几乎是他全部的作品，并且磨利了他那柄冰冷的批评。在这里，王敬羲第一次遭遇黄用，但是，使我们大失所望，并没有吵架。在这里，陈立峰——一个风骨凛然的编辑，也曾遗下一朵黑色的回忆……比起这些回忆，零乱的书籍显得整齐多了。

一九六三年四月十五日

猛虎与蔷薇

一个人到了这种境界，

他能动也能静，

能屈也能伸，

能微笑也能痛哭，

能像廿世纪人一样的复杂，

也能像亚当、夏娃一样的纯真，

一句话，他心里已有猛虎在细嗅蔷薇。

英国当代诗人西格夫里·萨松（Siegfried Sassoon，1886—1967）曾写过一行不朽的警句：In me the tiger sniffs the rose. 译成中文，便是："我心里有猛虎在细嗅蔷薇。"

如果一行诗句可以代表一种诗派（有一本英国文学史曾举柯勒律治《忽必烈汗》中的三行诗句："好一处蛮荒的所在！如此的圣洁、鬼怪，像在那残月之下，有一个女人在哭她幽冥的欢爱！"为浪漫诗派的代表），我就愿举这行诗为象征诗派艺术的代表。每次念及，我不禁想起法国现代画家亨利·卢梭（Henri Rousseau，1844—1910）的杰作《沉睡的吉卜赛人》。假使卢梭当日所画的不是雄狮逼视着梦中的浪子，而是猛虎在细嗅含苞的蔷薇，我相信，这幅画同样会成为杰作。惜乎卢梭逝世，而萨松尚未成名。

我说这行诗是象征诗派的代表，因为它具体而又微妙地表现出许多哲学家所无法说清的话；它表现出人性里两种相对的本质，但同时更表现出那两种相对的本质的调和。假使他把原诗写成了"我心里有猛虎雄踞在花旁",那就会显得呆笨、死板,徒然加强了人性的内在矛盾。只有原诗才算恰到好处,因为猛虎象征人性的一方面,蔷薇象征人性的另一面,而"细嗅"刚刚象征着两者的关系——两者的调和与统一。

原来人性含有两个:其一是男性的,其一是女性的;其一如苍鹰、如飞瀑、如怒马,其一如夜莺、如静池、如驯羊。所谓雄伟和秀美,所谓外向和内向,所谓戏剧型的和图画型的,所谓戴奥耐苏斯艺术和阿波罗艺术,所谓"金刚怒目,菩萨低眉",所谓"静如处女,动如脱兔",所谓"骏马秋风冀北,杏花春雨江南",所谓"杨柳岸,晓风残月"和"大江东去",一句话,姚姬传[1]所谓的阳刚和阴柔,都无非是这两种气质的脚注。两者粗看若相反,实则乃相成。实际上每个人多多少少都兼有这两种气质,只是比例不同而已。

东坡有幕士,尝谓柳永词只合十七八女郎,执红牙板,歌"杨柳岸,晓风残月";东坡词须关西大汉,铜琵琶,铁绰板,唱"大江东去"。东坡为之"绝倒"。他显然因此种阳

1　姚鼐（1731—1815），字姬传，一字梦谷，清代著名散文家，与方苞、刘大櫆并称为"桐城三祖"，著有《惜抱轩全集》等。

刚和阴柔之分而感到自豪。其实东坡之词何尝都是"大江东去"？"笑渐不闻声渐杳，多情却被无情恼"；"绣帘开，一点明月窥人"；这些词句，恐怕也只合十七八女郎曼声低唱吧？而柳永的词句，"长安古道马迟迟，高柳乱蝉嘶"，以及"渡万壑千岩，越溪深处。怒涛渐息，樵风乍起；更闻商旅相呼，片帆高举。"又是何等境界！就是晓风残月的上半阕那一句"暮霭沉沉楚天阔"，谁能说它竟是阴柔？他如王维以清淡胜，却写过"一身转战三千里，一剑曾当百万师"的诗句；辛弃疾以沉雄胜，却写过"罗帐灯昏，哽咽梦中语"的词句。再如浪漫诗人济慈和雪莱，无疑地都是阴柔的了。可是清唳的夜莺[1]也曾唱过："或是像精壮的科德慈，怒着鹰眼，凝视在太平洋上。"就是在那阴柔到了极点的《夜莺曲》里，也还有这样的句子："同样的歌声时常——迷住了神怪的长窗——那荒僻妖土的长窗——俯临在惊险的海上。"至于那只云雀[2]，他那《西风歌》里所蕴藏的力量，简直是排山倒海，雷霆万钧！还有那一首十四行诗《奥西曼迭斯》(*Ozymandias*)除了

---

[1] 济慈有一部作品名为《夜莺曲》，此处以夜莺指代济慈。

[2] 雪莱有一部作品名为《致云雀》，此处以云雀指代雪莱。

表现艺术不朽的思想不说，只其气象之伟大、魄力之雄浑，已可匹敌太白[1]的"西风残照，汉家陵阙"。

也就是因为人性里面多多少少地含有这相对的两种气质，许多人才能够欣赏和自己气质不尽相同甚至大不相同的人。例如在英国，华兹华斯欣赏弥尔顿；拜伦欣赏蒲柏；夏洛蒂·勃朗特[2]欣赏萨克雷[3]；司各特欣赏简·奥斯汀[4]；斯温伯恩[5]欣赏兰道[6]；兰道欣赏勃朗宁。在我国，辛弃疾欣赏李清照也是一个最好的例子。

但是平时为什么我们提起一个人，就觉得他是阳刚，而提起另一个人，又觉得他是阴柔呢？这是因为各人心里的猛虎和蔷薇所成的形势不同。有人的心原是虎穴，穴口的几朵蔷薇免不了猛虎的践踏；有人的心原是花园，园中的猛虎不免给那一片香潮醉倒。所以前者气质近于阳刚，而后者气质近于阴柔。然而踏碎了的蔷薇犹能盛开，醉倒了的猛虎有

1　指李白。

2　夏洛蒂·勃朗特（Charlotte Brontë，1816—1855），英国女作家。

3　萨克雷（William Makepeace Thackeray，1811—1863），英国作家。

4　简·奥斯汀（Jane Austen，1775—1817），英国著名女性小说家。

5　斯温伯恩（1837—1909），英国诗人。

6　兰道（Walter Landor，1775—1864），英国作家。

时醒来。所以霸王有时悲歌，弱女有时杀贼；梅村[1]、子山[2]晚作悲凉，萨松在第一次大战后出版了低调的《心旅》(*The Heart's Journey*)。

"我心里有猛虎在细嗅蔷薇。"人生原是战场，有猛虎才能在逆流里立定脚跟，在逆风里把握方向，做暴风雨中的海燕，做不改颜色的孤星。有猛虎，才能创造慷慨悲歌的英雄事业，涵蕴耿介拔俗的志士胸怀，才能做到孟郊所谓的"镜破不改光，兰死不改香！"同时人生又是幽谷，有蔷薇才能烛隐显幽、体贴入微；有蔷薇才能看到苍蝇搓脚、蜘蛛吐丝，才能听到暮色潜动、春草萌芽，才能做到"一沙一世界，一花一天堂"。在人性的国度里，一只真正的猛虎应该能充分地欣赏蔷薇，而一朵真正的蔷薇也应该能充分地尊敬猛虎；微蔷薇，猛虎变成了菲力斯汀(Philistine)；微猛虎，蔷薇变成了懦夫。韩黎[3]诗："受尽了命运那巨棒的痛打，我的头在流血，但不曾垂下！"华兹华斯诗："最微小的花朵对于我，能激起非泪水所

1　吴伟业（1609—1672），字骏公，号梅村，明末清初诗人，著有《梅村家藏稿》等。

2　庾信（513—581），字子山，南北朝时期文学家、诗人，代表作《哀江南赋》。

3　韩黎（1928—　），笔名韩星，著作《中国丝绸之路旅游文化集粹》（合著）获"莫高"一等奖。

能表现的深思。"完整的人生应该兼有这两种至高的境界。一个人到了这种境界，他能动也能静，能屈也能伸，能微笑也能痛哭，能像廿世纪人一样的复杂，也能像亚当、夏娃一样的纯真，一句话，他心里已有猛虎在细嗅蔷薇。

一九五二年十月廿四夜

后　记

　　我们这一代是战争的时代；像一朵悲哀的水仙花，我们寄生在铁丝网上，呼吸令人咳嗽的火药气味。上一次的战争，烧红了我的中学时代，在一个大盆地中的江滨。这一次的战争，烤熟了我的心灵，使我从一个忧郁的大一学生变成一个几乎没有时间忧郁的教师，在一个岛上的小盆地里。从指端，我的粉笔灰像一阵蒙蒙的白雨落下来，落湿了六间大学的讲台。

　　幸好，粉笔的白垩并没有使我的思想白垩化。走下讲台，回到书斋，我用美丽的蓝墨水冲洗不太美丽的白粉灰。血自我的心中注入指尖，注入笔尖，生命的红色变成艺术的蓝色。

　　十三年来，这只右手不断燃香，向诗的缪斯。可是仅饮汨罗江水是不能果腹的。渐渐地，右手也休息一下，让左手写点散文。毕竟这是一个散文的世纪，编辑们向我索稿，十有九次是指明要用左手，不要右手的产品。读者啊，现在让我伸出左手，献上我的副产品吧。

这是我的第一本散文集，里面收集的是我八年来散文作品的一小部分，间有议论，但大半是抒情的。最早的一篇是《猛虎与蔷薇》，写于一九五二年秋天；最近的一篇是《书斋·书灾》，写于今年春天，就在这间正闹书灾的书斋里。集子里的文章，有七篇曾在《文星》刊登，其余的则先后刊登在"中央副刊""联合副刊"、《现代文学》《文学杂志》《现代知识》《中外文艺》和《自由青年》。

这本抒情的散文集，有一半的篇幅为作者心仪的人物塑像。其中有诗人、作家，还有画家。另一半的篇幅则容纳一些介绍现代画的文字、三篇游记和两篇小品。付印时，张平先生为我仔细地校勘最后一遍，剔出若干错处，必须在此向他致谢。

不少读者一开口就诉苦，说现代诗怎么不好、怎么难懂。难道我们的散文就没有问题吗？实用性的不谈，创造性的散文是否已经进入现代人的心灵生活？我们有没有"现代散文"？我们的散文有没有足够的弹性和密度？我们的散文家们有没有提炼出至精至纯的句法和与众迥异的字汇？最重要的，我们的散文家们有没有自《背影》和《荷塘月色》的小天地里破茧而出，且展现更新更高的风格？流行在文坛上的散文，不是挤眉弄眼，向缪斯调情，便是嚼舌磨牙，一味贫嘴，不到一c.c.[1]的思想竟兑上十加仑[2]的文字。出色的散文家不是没有（我必须赶快声明），只是他们的声音稀罕得像天鹅之歌。我所期待的散文，应该有声、有色、有光；应该有木箫的甜味、釜形大铜鼓的骚响；有旋转自如像虹一样的光谱，而明灭闪烁于字里行间的，应该有一种奇幻的光。一位出色的散文家，当他的思想与文字相遇，每如撒盐于烛，会喷出七色的火花。

　　那么，就让我停止我的喋喋，将这些副产品献给未来的散文大师吧。

一九六三年六月十八日

1　c.c.（cubic centimeter），体积单位，立方厘米。
2　加仑，英美制容量单位，英制1加仑等于4.546升，美制1加仑等于3.785升。

能动也能静

能屈也能伸

能微笑也能痛哭

能像廿世纪人一样的复杂

也能像亚当、夏娃一样的纯真

他心里已有猛虎在细嗅蔷薇

图书在版编目（CIP）数据

左手的缪斯：余光中原版散文集典藏本 / 余光中著. —北京：
北京联合出版公司，2017.2（2017.5重印）

ISBN 978-7-5502-8859-1

I. ①左… II. ①余… III. ①散文集 – 中国 – 当代 IV. ① I267

中国版本图书馆CIP数据核字（2016）第277588号

本著作物简体版通过北京玉流文化传播发展有限责任公司
（YOUBOOK AGENCY, CHINA），由台湾九歌出版社授权在中国
大陆地区（不包括台湾、香港及其他海外地区）出版发行。

左手的缪斯：余光中原版散文集典藏本

作　　者：余光中
责任编辑：喻　静
特约策划：元气社（包包　望月）
特约编辑：丛龙艳
版权编辑：张　婧

- -

北京联合出版公司出版
（北京市西城区德外大街83号楼9层　100088）
北京联合天畅发行公司发行
北京旭丰源印刷技术有限公司印刷　新华书店经销
字数：108千字　787mm×1092mm　1/32　印张：7.5
2017年2月第1版　　2017年5月第3次印刷
ISBN 978-7-5502-8859-1
定价：49.00元

- -

未经许可，不得以任何方式复制或抄袭本书部分或全部内容
版权所有，侵权必究
如发现图书质量问题，可联系调换。质量投诉电话: 010-57933435/64243832